新潮文庫

アドルフ

コンスタン
新庄嘉章訳

第三版の序文

十年前に刊行されたこの小著の重版を承諾するに当っては、いささか躊躇《ちゅうちょ》せざるを得なかった。ベルギーで偽版が作られようとしていること、そしてこの偽版には、ベルギーの偽版製作者たちがドイツに頒布《はんぷ》しフランスに持ちこむ大部分の偽作同様、私の関知しない書足しや書込みのあることがほぼ確実でなかったならば、この物語のことなど決して問題にしなかったであろう。だいたいこの物語は、二、三人の友人と田舎で集まったとき、人物がただ二人きりで、しかも情況が常に同じ小説にも、一種の興味を与えうるということを、皆に納得させるつもりで書かれたものにすぎないのである。

さて仕事に取りかかってみると、ふいに頭に浮んだことで、何かの役に立たぬこともあるまいと思われたいくつかの考えを述べてみたくなった。私が描きたいと思ったのは、たとい無情な人間でも、他人に与える苦痛を見ては苦しまずにはいられないということ、そこで自分を実際以上に軽薄で堕落した人間と錯覚しがちだということである。遠くからだと、他人に与えている苦悩の姿は、楽に通り抜けられる雲のような、茫漠《ぼうばく》としたものに見える。自分は世間の承認によって力づけられている。ところでこの世間ときたら、不自然極《きわ》まるもので、規則で道義を、儀礼で感動を補い、醜聞を憎むけれども、背徳的だからといって憎むのではなく、うるさいから憎むというのである。その証拠には、醜聞さえなければ、悪でも結構歓迎している。人は、思慮もなく結ばれた関係は苦もなく切れるだろうと考える。だが、この切れた関係から起る苦悶《くもん》、欺かれた魂のあの痛ましい驚き、あれほど完全だった信頼のあとにくるあの疑心、それも特別の一人にだけ向けざるを得なかったものが世間全体にまでひろがっていくあの疑心、また、踏みにじられて回復しようもない世間の尊敬などを見ると、愛するが故《ゆえ》に苦しんでいる人の心の中には、神聖な何ものかのあることが感じられる。そして、自分は感じないで、相手だけに感じさせていると思っていた愛情の根が、いかに深いものであるかを発見する。ここでもし、世にいう弱気を克服しようとすれば、自分のうちにある一切の寛大な気持を殺し、一切の忠実なものを引裂き、一切の崇高で善良なものを犠牲にしなければならぬ。こうした戦いに勝って立直れば、第三者や友人たちはやんやと喝采《かっさい》するだろうが、当人は自分の魂の一部分に致命傷を負わせ、同情を冒瀆《ぼうとく》し、弱気を濫用《らんよう》し、道徳を口実に冷酷に振舞って道徳を侮辱したのである。そして、持って生れた最善の性質を失って、この惨《みじ》めな成功によって得た恥ずべき堕落の余生を送るのである。

こうした画面を私は『アドルフ』の中で描きたかったのである。成功したかどうかはわからない。ともかくもいくらか真実を写し得たと考えられるのは、会った読者のほとんどすべてが、彼ら自身この主人公と同じ立場にあったように語ったことである。ところで、相手に与えた苦悩に対して彼らは悔恨の情を示しながらも、そこには何かしら自惚《うぬぼれ》の満足が見えていたことはたしかである。彼らは、アドルフと同じように、もともと自分たちが唆《そそ》っておきながら、女のしつこい愛情に付纏《つきまと》われたとか、相手が抱《いだ》いている際限のない恋心の犠牲者だったとかいうふうに自分を描きたがっていた。思うに、彼らは大部分己《おの》れを誣《し》いていたので、虚栄心さえ彼らを刺激しなかったら、彼らの良心は静かにしていたことであろう。

それはそれとして、『アドルフ』に関することはすべて、私にはほとんど関心なきものとなった。この小説にはなんらの価値も認めてはいない。そこで繰返して言うが、おそらくはこんな小説など忘れてしまった――かりにかつて知っていたとしての話だが――であろう公衆の前に再びこれを公にするのは、ただ、この版に収められたもの以外の内容を持った版はすべて私の手になったものではないこと、従って、それについては責任を持たないことをはっきり言いたかったためである。

刊行者の言葉

もうずいぶん前のことだが、私はイタリアを旅行していた。ネト河が氾濫《はんらん》して、カラブリアの片田舎チェレンツァの宿屋に足止めされた。同じ宿に、同じ理由でやむを得ず逗留《とうりゅう》している一人の外国人がいた。ひどく無口な男で、憂鬱《ゆううつ》そうにしていた。全然先をせいている様子はなかった。ここでは話相手といっては彼よりなかったので、ときどき、われわれの旅の捗《はか》らぬことを彼にこぼしたものである。すると彼は「ここだろうとどこだろうと、私にとってはどうでもいいんですよ」と答えた。名前も知らずにこの外国人に仕えていたナポリ生れの下男がいたが、この男と話したことのある宿の主人が私に語るには、彼は決して観光のための旅行をしているのではない、なぜといって、廃墟《はいきょ》を訪れるでもなく、景色や記念物を見に行くでもなく、また人を訪れることもないという。本はよく読んでいたが、続けて読むということは決してなかった。夕方には散歩に出たが、いつも一人だったし、また、坐ったまま、身じろぎもせず、両手で頭を抱《かか》えて数日を過すということもしばしばだった。

交通が復旧して出発できるようになったとき、この外国人が重病にかかった。人情としてやむを得ず、私は滞在を延ばして看病してやった。チェレンツァには村の外科医しかいなかったので、もっと有効な手当がしてもらえる医者をコッェンツェに探しにやろうと思った。するとこの外国人は「それには及びません。あの人で十分ですよ」と言った。なるほど彼の言う通りだった。おそらく彼自身が思っていた以上に。というのは、この村医が彼を癒《なお》したのである。「あなたにこんな腕があるとは思ってませんでしたね」と、彼は医者を断わるときに、何か不機嫌そうに言った。それから、私に世話をみてもらったことに礼を述べて、出発した。

それから数ヵ月後、ナポリでチェレンツァの宿の主人から一通の手紙を受取ったが、それには、ストロンゴリへ通ずる街道で拾った手箱が添えてあった。あの外国人と私は、あの街道を、別々にではあるが、通ったのである。そこで、箱を送ってくれた宿の主人は、たしかにこれは私たち二人のどちらかのものだと思ったのである。箱の中には、宛名《あてな》のない、あるいは宛名や署名の消された非常に古い多くの手紙と、一枚の婦人の肖像、それに、逸話というか物語というか、これから諸君が読まれるようなものの書かれた一冊の手帳がはいっていた。これらの品物の所有者であるあの外国人は、別れに際して、彼に手紙を書く方法を残しておいてくれなかった。そこで、どう処分していいかもわからぬままに十年来手もとに保存していたのだが、偶然、ドイツのある町で二、三の人にこの話をしたところ、中の一人が、私が保管している手記をぜひ貸してくれと頼んだ。一週間後、この手記は、一通の手紙とともに返送されてきた。その手紙は、この物語の巻尾に付けておいた。というのは、物語そのものを知る前にこれを読んでも意味が取りにくいと思ったからである。

この手紙によって、この物語を発表しても、誰をも傷つけず、誰にも迷惑の及ばないことがはっきりしたので、今ここにこれを公刊する決心をしたわけである。原文は一語も変改しなかった。固有名詞の省略も私がしたものではない。それは現在見られる通り、ただ頭文字によって示されていたものである。

アドルフ

見知らぬ人の書類の中から
見つけ出された物語

I

二十二歳で、ちょうどゲッチンゲンの大学の課程を終えたばかりのところだった。――当時＊＊＊選挙侯の大臣をしていた父は、私にヨーロッパの著名な諸国を遊歴させたいと考えていた。そのあとで膝元《ひざもと》に呼寄せて、自分がその全支配権を委《ゆだ》ねられている役所に入れて、ゆくゆくは自分の後継ぎにしたいものと思っていたのである。ずいぶん放埒《ほうらつ》な生活をしながらも、相当に頑張って勉強したので、私は立派な成績をかち得ることができた。これは、私を学友の間でもひときわ目立った存在にし、父も、このために、私に対して、おそらく過分といってもいいほどの期待を抱いたものであった。

　この期待は、私が犯したかずかずの失策に対して、父をひどく寛大にしてくれた。これらの失策の後《あと》始末でいつまでも私を苦しませておくようなことは決してなかった。どんなときでも、こういうことなら、私の要求を容《い》れてくれ、ときには、それと察して、そっと先回りしてくれることさえあった。

　だが、生憎《あいにく》、父の態度は、愛情があるというよりは、むしろ、鷹揚《おうよう》で、寛大なのだった。当然、私は父に感謝もし、尊敬の念も抱いた。だが、お互いの間には、打解けたところはまるでなかった。父の心の中には何かしら皮肉なところがあって、それが私の性格にぴったりしなかった。当時の私は、ただもう素朴ではげしい感動に身をまかせることしか願っていなかった。こうした感動は、魂を俗世間から超越させ、また周囲のすべての事物に対して軽蔑《けいべつ》の念を起させるものであった。私が父の中に見いだしたのは、小言を言ってくれる人ではなくて、冷酷で皮肉な観察者だった。初めは思いやり深くほほえんではいるが、やがて気短かに話を打切ってしまうのである。十八の年になるまで、一時間と一緒に語り合った記憶はない。父の手紙はどれも慈愛に溢《あふ》れていた。筋道立った、懇《ねんご》ろな忠告に満ちていた。だが、いったん面と向うと、何と説明したらいいか、その態度には何かしらぎこちないところがあって、それがまた堪えがたいまでに、私の心に反映してくるのだった。その頃、私は、内気とはいったいどんなものか知らなかった。これは、どんなに年を取ってもなお付纏《つきまと》ってくる心の病である。これは、どんなに深い印象をも心の中で踏みにじり、言葉を凝《こご》らせ、言おうと思っていることを口の中で歪《ゆが》めてしまい、更には、自分の感情を他人に理解させることのできぬ懊悩《おうのう》の仕返しを、その感情自身にしようとでもするように、曖昧《あいまい》な言葉か、あるいは、多かれ少なかれにがにがしい皮肉でしか自己を発表させないのだ。父が自分の息子に対してさえも内気であったとは、私も知らなかった。また、なんらかの愛情のしるしを私が示すのを待ちあぐんだのち——ところでこれは、父が冷たく構えているので、こっちもそれができなかったように思われるのだが——涙ぐんで私のそばを離れ、私に愛情がないと、よくひとにこぼしていたということも、知らなかった。

父に対する気づまりは、私の性格に大きな影響を及ぼした。父と同じように内気である上に、若いだけにいっそう心の落ちつかぬ私は、どんなことを感じても、それを全部胸の中にしまいこむ習慣を身につけた。なんでも一人でやる計画をたて、その実行についてはひたすら自分のみを頼《たよ》り、他人の忠告、関心、助力、はては他人が目の前にいることすら、窮屈であり、邪魔だと思うようになった。気にかかっていることがあっても、決して口には出さぬ、何か喋るにしても、うるさいがのっぴきならぬことだからといった調子で喋る、そうしたときには、疲れも少なくてすむし、また本心を隠すのにも都合がよいので、のべつふざけて話に活気をつける、といった習慣をつくった。今日でも友人たちは、私の態度にざっくばらんなところがないと言って非難するが、それはこういうところからきているのである。また、いつもどうしてもまじめな話ができないのも、そこからきているのだ。同時にまた、自立の強い欲望、周囲の係累に対する焦慮、このうえ更に新しい係累をつくることのあのぞっとするような恐怖も、その結果である。私は自分一人にならぬと寛《くつろ》げなかった。いまだにこうした気持は残っていて、どんなに些細《ささい》なことでも、二つに一つを選ばねばならぬといった場合には、人の顔が邪魔になるので、自然、独り静かに熟考するために人を避けるのだ。それかといって、こうした性格にありがちな、極端な利己心を持っていたわけではなかった。自分自身にしか興味はなかったけれども、その興味は極めて弱いものだった。私は心の奥底に、自分自身でも気づかなかったけれど、物を感受したい要求を持っていた。だが、その要求は満たされなかったので、それからそれと私の好奇心を引きつけていたものから、つぎつぎに私を引離す結果になった。すべてのものに対するこの無関心は、死の観念によっていっそう強められた。私はごく若い頃からすでに死の観念に襲われていて、世間の人が死に対してあんなにも容易に平気でいられるのが、どうしても合点できなかったものである。十七のとき、私はある老婦人の死に際会した。それは、この婦人のひときわ目立った風変りな才気が、ちょうど私の才気を啓発しはじめていた矢先のことだった。この婦人も、多くの婦人同様、若くして、自分にはしっかりした魂の力と優《すぐ》れた才能があるという自信をもって、どんなものかもよくわからぬ社交界に乗出したのだった。そしてまた、御多分にもれず、不自然ではあるがぜひ必要なしきたりに従わなかったばかりに、希望は裏切られ、青春はなんの悦《よろこ》びもなく過ぎて行くのを見なければならなかった。やがて、老いの波が押寄せても、婦人は節を枉《ま》げなかった。婦人は私の家の所領地の一つに近い館《やかた》に住んでいた。恃《たの》みとするものはただ才気だけで、その才気で万事を分析してみながら、悶々《もんもん》のうちに隠遁《いんとん》の生活を送っていた。ちょうど一年近くの間、私たちは果てしなく語り合いながら、人生をあらゆる面から考えつくした。そして行きつくところはいつも死であった。こうしてさんざん死について語り合ったのち、死が突然婦人をとらえたのを、私は目《ま》のあたりに見たのだった。

この出来事で、私はつくづく運命の無常を感じ、とりとめもない夢想にいつまでも打沈んでいた。詩の中でも、好んで、人の世の儚《はかな》さを思い起させるようなものに読み耽《ふけ》った。いかなる目的も、努力する甲斐《かい》のないものに思われた。しかし、実に不思議なことだが、こうした気持は、年を取るにつれて、たしかにだんだんと薄らぎ弱まってきた。これは、希望などというものの中には、何かしら頼りにならないものがあって、この希望が人の生涯から姿を潜《ひそ》めたとき、はじめて、その生涯がより厳粛な、だが、より確実なものとなるためであろうか？　あらゆる幻想が消失するにつれて、人生がそれだけいっそう現実性を帯びてみえるからであろうか？　あたかも、岩山の頂が、雲の霽《は》れ上がったとき、いっそうくっきりと地平の上にその姿を描き出すように。

さて、私は、ゲッチンゲンを去って、D＊＊＊というささやかな町に赴《おもむ》いた。そこは、とある大公の城下町であった。この大公は、ドイツのたいていの大公同様、狭い領国を平和に治め、そこに居を求めて来る学者を保護し、言論に対しては完全な自由を許していた。だが、これまでの古い習慣で、周囲にある者は宮臣たちに限られていたので、そうまでしていても、身辺には、だいたいにおいて、取るに足らぬ、凡庸な人間しか集まっていなかった。私はこうした宮廷に、好奇心をもって迎えられた。それは、単調な、礼儀作法ずくめの世界の枠《わく》を破りに来る異邦人が当然人々の心にそそる好奇心だった。数ヵ月というもの、私は何一つ注意を引くようなものには出会わなかった。私は人々が示してくれる好意には感謝した。だが、あるときは、内気な心がその好意を利用することを阻《はば》み、またあるときは、対象のない焦燥に疲れて、人々がしきりにすすめてくれる無味乾燥な楽しみよりは、むしろ孤独の方がいいと思われた。別に、誰が嫌《きら》いというわけではなかったが、気を引かれるような人もほとんどいなかった。ところで、人間というものは、無関心な態度を取られると、感情を害するものである。そしてそれを、悪意や気取りのせいにしてしまう。誰しも彼らには当然退屈するであろうとは、思ってもみないのである。ときとして、私は自分の倦怠《けんたい》を抑《おさ》えつけようと努力した。そして深い沈黙にのがれた。すると人々はこの沈黙を侮蔑《ぶべつ》と解釈した。またあるときは、黙りこくっていることにわれながら飽き飽きして、心ゆくまで諧謔《かいぎゃく》を弄《ろう》した。ところで、いったん才気が活気づくと、私はすっかり度をはずしてしまった。一ヵ月の間に観察してきた滑稽《こっけい》なことを、たった一日ですっかりあばきたてた。われ知らずとはいえ、だしぬけにこんなふうに心のうちをさらけ出したのを聞いて、相手は快く思わなかった。また、それも無理もなかった。というのは、喋《しゃべ》りたいから喋ったまでで、相手を信頼して話をしたわけではなかったから。はじめて私にいろんなものの考え方を啓発してくれたあの婦人と話し合っているうちに、私は、あらゆる陳腐な箴言《しんげん》めいたものや、独断的な慣用語が、どうにも我慢できないほどに嫌いになっていた。そこで、凡庸な人たちが、道徳、儀礼的習慣、宗教など、彼らが十把《ぱ》一からげにしたがるそうした問題について、固定しきった、異論の余地もないような原則をさも得々と論じているのを聞いていると、つい逆らってみたくなった。別にそれに対する反対意見があるわけではなかったが、そんな頑固《がんこ》な、融通のきかない自信のほどを見せられると、とても我慢ができなくなるのだった。それに、なんの留保もなければ、ニュアンスも全然ない、こうした一般自明の理は警戒するようにと、何かしら本能が私に教えていたのである。愚かな者たちは、自分たちの道徳を、目のつんだ、分解できない一つの塊《かたま》りにこしらえあげる。できるだけそれが、自分たちの行動とかかり合わないように、自分たちの行動はどんなに微細な点においても自由であるようにと。

こんなふうに出たものだから、間もなく、私は、軽佻《けいちょう》な人間だ、皮肉屋だ、意地悪だという評判がたった。私の辛辣《しんらつ》な言葉は、嫌悪《けんお》の情の強い人間の証拠と見られ、諧謔は、最も尊敬すべきものに対する冒瀆《ぼうとく》のように取られた。私がこれらの人々を軽蔑したのは悪いことではあるが、彼らは一般原則にくみする方が便利とみて、私がそれを疑問視するのを非難した。私は別段そんなつもりはなかったのだが、結果として、彼ら同士嘲笑《ちょうしょう》させるようなことになってしまったので、皆はこぞって私に楯《たて》ついてきた。彼らの滑稽さ加減を指摘したのは、彼らの打明け話を裏切ったことだと言うかも知れない。彼らは、自分たちのありのままの姿を私の目の前に曝《さら》して、それで私から沈黙の保証を得たつもりかも知れない。だが、私はそんな負担の重い約束をした覚えはさらになかった。彼らは思うがままに振舞うことに悦びを見いだしたのだし、私は私で、彼らを観察し、それを描写することに興味を覚えたまでの話である。で、彼らは不実と呼んだけれども、私にとっては、それはまったく罪のない、極めて当然な埋め合せのつもりだったのだ。

私は決してここで自己弁護などしようとは思わない。とかく経験のない者がやりたがる、そうした下らない、安易な習慣など、もうとっくの昔に縁を切っているのだ。私はただ、それも今は世を遁《のが》れている自分のためというよりは、むしろ他の人々のために言いたいのだが、利害、矯飾、虚栄、恐怖心などで固められたある種の人間に慣れるためには、多くの時日を要するものである。うら若い青年がこんなにも不自然な、しごく手のこんだ社会を見て驚くのは、精神が邪《よこしま》なためではなく、むしろ心が素直だという証拠である。ところが、この社会はそうしたことはいっこうに意に介しない。この社会は、私たちの上に重くのしかかり、その暗々裡《り》の影響は実に力強いものなので、間なく私たちは一般的な鋳型に嵌《は》めこまれてしまうのだ。そうなってくると、もはや昔驚いたことを意外に思って驚くばかりで、今の自分の新しい姿の方がよくなってくる。ちょうど、満員の劇場にはいると、はいったばかりはとても息苦しいが、しまいには楽になるようなものだ。

こうした一般的な宿命をまぬがれている人々があるとすれば、彼らは必ず、その心の奥底には、ちぐはぐな気持を押隠しているのだ。彼らは、愚かしいことの大部分の中に、悪徳の萌芽《ほうが》を認める。だが、彼らはもはやそれを嘲笑するようなことはしない。なぜなら、侮蔑が揶揄《やゆ》にとって代ってい、侮蔑は由来無言のものだからである。

こういったわけで、私の周囲の小さな社交界の中には、私の性格についてある漠然とした不安が醸《かも》されてきた。これといって、非難すべき行為をあげることはできなかった。かえって、親切あるいは献身とも見られそうな行為を否定できなかったほどだった。だが、不道徳な男、胡散《うさん》臭い人間と言っていた。この二つの形容詞は、自分たちの知りもしない事実を仄《ほの》めかしたり、わかってもいないことを判じさせたりするには、まことにうってつけの言葉である。

II

うかつで、不注意で、気持のだれていた私は、自分が人にどんな印象を与えているかもとんと気づかずにいた。そして、勉強しかけてはたいてい途中で止《や》め、いろいろ計画はたてるが手はつけない、遊びはしてもいっこうに興が乗らぬ、といったぐあいに時を過していた。と、そのとき、ごくなんでもないような一つの事件が、私の気持に一つの重要な革命をもたらした。

私のかなり親しくしていたある青年が、数カ月前から、私たちの社交界ではまず取得《とりえ》のある一人の女性に気に入ろうと、一所懸命になっていた。私はこの計画を聞かされる役目だったが、極めて傍観的だった。長い間苦労したあげく、やっと、彼は女の愛をかち得た。そこで、これまで失策も苦痛も決して私に隠したことがなかったので、その成功も聞かさねばならないと思ったのだった。彼のはしゃぎよう、悦びようといったらなかった。こうした幸福を目《ま》のあたりに見て、これまで一度も恋をしてみたことのない自分がつくづく悔まれた。これまで、自尊心が満足させられるような女性との交際はまるでなかったのだ。新しい未来が目の前に開けてきたように思われた。ある新しい欲求が心の奥底で感じられた。この欲求の中には、たぶん多くの虚栄心があったであろう。だが、それだけではなかった。おそらく、それは思ったより少なかったかもわからない。人間の感情というものは、とりとめもない、複雑なものである。それは、観察のできない種々雑多な無数の印象から成り立っている。そして言葉はといえば、常にあまりにもぎごちなく、またあまりにも一般的で、もろもろの感情をだいたいこんなものと指示するには役立っても、それをはっきり定義するとなるとまるで役に立たない。

父と一緒に暮している間に、私はかなり不徳義な女性観を持つにいたった。父は外面的な礼儀作法は厳格に守っていたけれども、恋愛関係についてはよく軽はずみな口をきいていた。それは、おおっぴらに認められてるものではないとしても、少なくとも大目に見ていい遊びと見なしていた。そして結婚だけを厳粛なものと考えていた。父の原則としているところは、青年は世間でいう無分別は注意して避けねばならぬ、つまり、財産、家柄、そのほか外的な条件の点で完全に釣合いのとれないような女とは決して変らぬ約束を交《かわ》してはならない、ということだった。だが、結婚を問題にしない限りは、どんな女でもものにし、次にこれを棄《す》てても構わない、と父は考えていたようである。ある有名な文句をもじった「それは彼女らをいささかも害《そこな》うことなく、しかもわれらをかくも楽しますか」という言葉に対して、父がいかにもわが意を得たりといった微笑をもらしたのを、私は見たことがあった。

まだうら若い少年時代には、こうした種類の言葉がどんなに深い印象を与えるものであるか、また、すべての物の考え方がまだ不確かで動揺している年頃では、口で教えられた規則が冗談によって否定せられ、しかも皆がその冗談をやんやと囃《はや》すのを見てどんなに驚くものか、人はあまりよく知らないでいる。せっかくの規則も、彼らの目にはもはや、両親がただ気休めに繰返している陳腐な決り文句にしかすぎなくなる。そして冗談こそが人生の本当の秘密を含んでいるように思えてくるのである。

何かしら漠とした心の動揺に悩まされて、恋されたい、と私はわれとわが心に言った。そして周囲を見渡した。だが恋心を唆《そそ》るような女も見つからねば、私の恋を受入れてくれそうな女もいなかった。私は自分の気持や好みを調べてみた。だが別段これといった選《よ》り好みがあるようには感じられなかった。こんなふうに心の中で苛々《いらいら》していたときに、P＊＊＊伯爵と知合いになったのである。伯爵は四十がらみの人で、その家は私の家とは縁続きの間柄だった。伯爵は話しにくるようにと言った。なんという不幸な訪問だったろう！　伯爵の家には、ポーランド生れの、もはや若い盛りはすぎたけれども、美貌で聞えた婦人が囲われていた。この婦人は不利な立場に置かれていたにも拘《かかわ》らず、何かにつけて、その性格の奥ゆかしさを見せていた。実家はポーランドではかなり著名な家柄であったが、内乱のためにすっかりおちぶれてしまったのだった。父親は追放され、母親は隠家《かくれが》を求めてフランスに遁れた。そして娘も一緒に連れてきたが、娘をまったくの寄辺《よるべ》ない孤独の中に残して死んでいった。P＊＊＊伯爵はその娘と恋仲になったのである。でも、この関係がどうして結ばれたのか、私は知らなかった。とにかく最初エレノールに会ったときには、二人の仲はずっと前からできていた。いわば、公に認められていたのである。宿命的な境遇か、それとも若さ故の未経験が、彼女の教養や習慣や、また彼女の性格の特に目立った点である自尊心とも等しく相容《い》れないこうした生涯に、彼女を投げ入れたのであろうか？　私の知っていることは、またそれは世間周知のことでもあるが、伯爵の身代がほとんど完全に破産しかけて、身の自由まであぶなくなったときに、エレノールが心からなる献身の証拠を見せ、どんなに素晴らしい申出もすげなく拒《しりぞ》けて、男の危険と貧困を、熱心にしかも悦んで共にしたので、いかに穿鑿《せんさく》好きな厳格な人間も、それを見ては、動機の純真さと行為の無私無欲を認めざるを得なかった、という事実である。愛人の伯爵が財産の一部分を回復できたのは、一に彼女の働き、勇気、理性、更に何一つ不平も言わずに堪え忍んだあらゆる種類の犠牲的行為のおかげであった。二人は訴訟を続けるためにD＊＊＊に居を構えていたのであって、ことによったら、P＊＊＊伯爵は昔の富裕を完全に取戻せるかもわからないのだった。彼らは約二年間滞在する予定であった。

エレノールは、ごくありふれた才気しか持合せていなかった。しかし物の考え方は正しかった。そしてその表現は、いつも単純ではあったが、感情の上品さと気高さによって、ときとして人をあっと驚嘆させることがあった。彼女は多くの偏見を持っていた。だが、そのすべての偏見は、自分自身の利益とは相反するものであった。彼女は身持の正しさに絶大の価値をおいていた。それはまさしく、彼女自身の身持が世間一般の観念からすれば正しいものではなかったからである。彼女は非常に信心深かった。それは宗教が、彼女のような生き方を仮借なく責めたてていたからである。他の婦人たちにとっては罪のない冗談としか思われないようなことも、一切彼女は口にすることを厳に避けていた。境遇が境遇なので、人々が自分に向って嗜《たしな》みのない言葉を言ってもいいように思いこみはすまいかと、いつも怖《おそ》れていたのである。できることなら、自分の家には、最上流の人々や、一点非の打ちどころのない人々だけを迎えたいものと思っていた。というのは、彼女が比較されることを身の毛のよだつほど怖《おそ》れている婦人たちは、一般に誰彼の見境なくつきあい、そしてひとから尊敬されることなどは諦《あきら》めてかかり、交際の中にただ快楽しか求めないからである。エレノールは、つまり、自分の運命と絶えず闘っていたのである。いわば、その一挙一動、言葉の一つ一つによって、自分の属している階級に反抗していたのである。だが、どうしたところで現実は自分よりも強く、渾身《こんしん》の努力をしても境遇がどうなるものでもないことを感じていたので、彼女は非常に不幸だった。彼女はP＊＊＊伯爵との間にできた二人の子供を、きつすぎるほどの厳しさで育てていた。秘《ひそ》やかな反抗の気持が、子供たちに注ぐ慈愛というよりはむしろ熱情的な愛着と混り合って、子供たちが何かしら煩《わずら》わしいものに思われるのではないかと、そんなふうに見えることもときにはあった。子供たちの成長したこと、才能の見込みがあること、将来取らねばならぬ職業などについて、人々が好意をもって何か語ると、彼女は、いつの日か彼らの素性を打明けねばならぬと考えて蒼《あお》ざめた。だが、ほんのちょっとした危険があっても、一時間一緒にいなくても、彼女は心配になって、子供たちの方に駆けつけた。そこには、一種の良心の呵責《かしやく》と、また、自分には恵まれない幸福を愛撫《あいぶ》によって与えたい欲望が感じ取られた。彼女の感情と、彼女の社会的地位とがこんなふうに対立していたので、彼女の気持にはひどくむらがあった。しばしば夢みがちで、黙りこんでいるかと思うと、ときとして性急に話し出した。一つの秘《ひそ》やかな考えに苦しめられていたので、ありふれた世間話の最中でも、決して完全に落ちついた気持ではいられなかった。そうだ、そうしたことのために、彼女の様子には、なんとなく気短かな、そして人の意表に出るところがあって、それが彼女を、本来の彼女以上に辛辣にしていた。変則的な境遇が、ものの考え方の新しさの不足を補っていた。人々はそうした彼女を、まるで美しい嵐を見るように、興味と好奇心でうち眺めていた。

胸は恋を欲し、虚栄心は成功を要求していたときに、突然目の前に現われたエレノールを見て、この人ならばと思った。彼女の方でも、これまでに見てきた連中とは違った一人の男と交際することに悦びを見いだした。彼女の仲間は、主人の友人や親戚《しんせき》や、その夫人たちだった。この夫人たちはP＊＊＊伯爵に権力があるのでやむなくその囲い女とつきあっていたのである。男たちは思想も感情も持ち合せていなかった。夫人連中も同じように凡庸だったが、ただ違うところは、主人以上に落ちつきがなく、そわそわしていることだった。というのは、職業に対する専念や仕事の規則正しさからくる心の落ちつきがなかったからである。そうした彼らに較べて、気のきいた軽口をきくし、話題は変化に富んでいるし、憂鬱だったり快活だったり、がっかり落胆したかと思えば興味を取戻し、感激したり皮肉ったり、そうした異様な混淆《こんこう》が、エレノールを驚かしもし、引きつけもしたのである。彼女は数ヵ国語を語った。なるほど不完全な話し方ではあったが、いつも生き生きと、ときとしては優雅に語った。彼女の考えはいくつもの障害を通して現われ、この障害に対する闘いから、一段と気持のいい、素直な、新しいものとなって出てくるように思われた。それというのは、外国語の語風は考えを若返らせ、また考えを、あるいは陳腐にあるいはきざに見せる言回しから救ってくれるからである。二人は一緒にイギリスの詩を読み、連れ立って散歩した。私はよく朝彼女に会いに行った。そしてまた夕方に再び訪れた。私はいろんな多くのことについて彼女と語り合った。

　自分では、冷静で公平な観察者として、彼女の性格と才気を見回しているつもりだった。だが彼女の口にする一語一語は、言いようのない優しさに包まれているように思われた。彼女の気に入ろうとする企ては、私の生活に一つの新しい興味を与えて、これまでになく生活を活気づけた。彼女に魅力あればこそ、こうしたほとんど魔法のような効果があるのだと思った。もしも自尊心とのかかりあいさえなかったら、もっと完全にこの効果を享楽できたであろう。この自尊心が第三者としてエレノールと私との間にあった。私は、これと思い定めた目標の方にできるだけ早く進まねばならないように思った。だから、心ゆくばかり自分の印象にひたっているわけにはいかなかった。なにしろ早く打明けてしまいたかった。というのは、打明けさえすれば成功するように思えたから。私はエレノールを愛しているのだとは思わなかった。だが今となっては、エレノールの気に入らなくてもいいと思い諦めることはできなかったであろう。彼女のことは片時も心から離れなかった。私はあれやこれやと計画をたてた。彼女を征服する方法をいろいろ工夫した。何もやってみたことがないだけに、かえって頭から成功を決めてかかるあの無経験な自惚《うぬぼれ》で。

とはいうものの、なんともしようのない臆病《おくびょう》な気持に引きとめられた。すべて話そうとする言葉は、唇の上で消え、あるいは、考えていたとは似ても似つかぬ言葉となってしまった。私は心の中でやきもきした。自分自身に腹がたった。

果ては、自分の目で見て体裁よくこの闘いから身が引けるような理屈はないものかと捜し求めた。私は自分に言いきかせた。決して急いではならぬ、エレノールはまだこちらのもくろんでいる恋の告白を受けるまでにはなっていないのだ、もう少し待った方がいい、と。われわれはほとんどいつも、気休めのために、自分の無気力や弱気を、いかにもそれが計画や主義であるようにごまかしてしまうものである。それは、われわれの心の一部にひそんでいて、いわばわれわれを観察している者を満足させることである。

こうした状態が続いた。来る日も来る日も、明日こそは必ずはっきり胸のうちを打明けようと決心するのだが、その明日は前日のように流れ去った。私の臆病な気持は、エレノールのそばを離れると、すぐにすっと遠のいた。そこで再び巧妙な計画をたて、深い工夫をこらした。だが、エレノールの前に戻るやいなや、すぐまた身体《からだ》は顫《ふる》え、心は乱れるのだった。彼女のいないときの私の心を読み得る者があったら、誰しも私を冷酷無情な誘惑者としたであろう。だが彼女のそばにいる私を見た者は、初心《うぶ》で、戸惑った、情熱的な恋人と思ったであろう。この二つの判断はどちらも間違っていたであろう。人間の心の中には決して完全な統一というものはないのだ。何人《なにびと》でも、正直一方だとか、あるいは根っからの悪人だとかいうことはほとんどあり得ないのだ。

毎日こうして同じことを繰返すことによって、とてもエレノールに切出す勇気のないことがはっきりわかったので、手紙を書こうと決心した。P＊＊＊伯爵は留守だった。自分自身の性格に対して長い間闘ってきて、それに打勝てないで苛々《いらいら》していたし、また、この冒険の成功について不安な気持を抱《いだ》いていたせいで、この手紙の中には、まるで恋そっくりな興奮が描かれた。それに、われとわが文章に酔ったので、筆をおいたときには、できうる限りの力で表現しようと努力した情熱の幾分かを実際に感じていた。

エレノールはこの手紙の中に、彼女としてはそう見るのが当然なものを見た。すなわち、今その心が未知のもろもろの感情に扉《とびら》を開いたばかりの、憐《あわ》れみこそすれ腹をたてるわけにもいかない、自分よりは十も年下の男の、一時的な激情を見たのである。彼女は親切にも返事をよこして、愛情のこもった忠告を与えてくれ、心からなる友情を誓ってはくれたが、P＊＊＊伯爵が帰ってくるまでは会えないというのだった。

この返事に私は度を失った。思わぬこの障害に苛立って、あらぬ想像を逞《たくま》しゅうした。一時間前までは、恋したふりをしていい気になっていたのに、突然その恋心が物狂おしいまでにひしひしと感じられてきた。私はエレノールの家に駆けつけた。外出したとのことだった。私は手紙を書いた。一度でいいから会ってくれと嘆願した。切ない言葉で、絶望の気持を語り、こんな残酷な仕打にあっては不吉なこともしかねないと言った。ほとんどまる一日を、私は徒《いたず》らに手紙を待ち暮した。明日になれば是が非でもエレノールのもとにまで行って、話をせずにおくものかと、幾度か胸の中で繰返しながら、やっとこの言いようもない苦痛を鎮《しず》めた。夕方になって短い返事が届いた。それは優しい手紙だった。そこには、何か心残りな、物悲しい気持が認められるような気がした。だが彼女の決心は依然としてあくまで固くて、これは決して動かすことはできないと言っていた。翌日またしても彼女の家を訪れた。だがどこか田舎《いなか》へ出かけたあとで、家人もそれがどこだか知らなかった。手紙の届けようもないというのだった。

長い間私は戸口に立ちつくしていた。いつまた会えるとも考えられなかった。われながら自分の苦しみ方に驚いた。自分が欲しているのはただ成功だ、ただ試《ため》しにやるだけのことだから、まさかの場合にはわけなく諦められるさ、と独りぎめしていた頃のことが思い出された。この胸もはり裂けんばかりの、激しい、抑えがたい悩ましさは、どうにも納得がいかなかった。幾日かはこうして過ぎた。気晴らしもできねば、勉強もできなかった。絶えずエレノールの家の前をさまよった。道々の曲り角でひょっこり彼女に遇《あ》えるあてでもあるかのように、町を歩き回った。ある朝のこと、いつものように、疲労によって苦悩を忘れようと、あてもない散歩をしていたとき、旅行から帰ってきたP＊＊＊伯爵の馬車を見かけた。伯爵は私の姿を認めて、車を降りた。月並な挨拶ののち、私は心の乱れを隠しながら、エレノールが急に旅に出たことを話した。「そうなんですよ」と伯爵は言った。「あれの友達がここから数里のところにいるんですが、何か不幸がありましてね、自分が行って慰めてやらなくてはと思ったんですよ。私には何の相談もなしに出かけましたがね。なにせ感情に支配され易《やす》い、いつも落ちつきのない女で、ひとの世話をやいていれば、それでどうやら気が休まるというたちなんです。でも[illegible]い、どうしても困るんで、早速手紙を書いてやりましょう。五、六日うちにはきっと帰ってきます」

こうはっきり請合ってくれたので、私は安心した。悩ましい気持の鎮まっていくのが感じられた。エレノールの出発以来はじめて、苦痛なしに息をつくことができた。彼女の帰りはP＊＊＊伯爵が期待していたほど早くはなかった。だが、一ヵ月ほどたって、P＊＊＊伯爵から、エレノールが夕方帰ってくる筈だと知らせてよこした頃には、私は再び従前通りの生活を取戻し、かつて感じていた苦悩も消えはじめていた。彼女の性格からいえば当然占めてしかるべき社交界の地位が、その境遇故《ゆえ》にどうやら拒否されそうだったので、伯爵は彼女のためにぜひともそれを維持してやりたいと思っていた。そこで、彼女に会うことを承知している親戚知人の婦人たちを晩餐《ばんさん》に招待した。

数々の思い出が、はじめは朧《おぼろ》に、やがてまざまざと蘇《よみがえ》ってきた。そこには自尊心が混っていた。まるでひとを子供扱いにした女に会うことは、気づまりであり、辱《はず》かしめを受けるような気持だった。私の近づくのを見て、ちょっと留守にした間に若気の逆上も鎮まったことだろうとほほえみかける彼女が目のあたりに見えるようだった。そして私は、この微笑の中に、私に対する一種の侮蔑を見て取った。次第にいろんな感情が目覚めてきた。この日起きたときには、エレノールのことなどもはや考えてもいなかった。それなのに、帰ってきた知らせを受けて一時間もすると、彼女の姿が目の前にちらついて、すっかり心をとらえてしまった。そして熱病やみのように、彼女に会いそびれはしないかと、それればかりが心配だった。

昼の間はずっと家にこもっていた。いわば隠れていた。ちょっとしたことで再会が妨げられはしないかと、びくびくしていたのである。だが、これほど簡単で、確かなことはなかった。ただ、あまり思いつめたので、かえって不可能なことのように思われたのだ。待ち遠しくてたまらなかった。しょっちゅう時計を出してみた。息をつくために窓をあけねばならなかった。血は血管をかけめぐって、身体を燃えたたせた。

やっと、伯爵邸に赴《おもむ》く時間の鳴るのが聞えた。と、今までの焦慮は、突然臆病に変った。ゆっくり着物をきた。もう急いで行きたい気持はなかった。せっかくの期待を裏切られることが怖《こわ》かったし、そうなれば悩ましい気持になるだろうことがはっきり感じられていたので、できることなら悦んですべてを先にのばしたであろう。

P＊＊＊伯爵の所へ行ったのは、もうかなり遅かった。見ると、エレノールは部屋の奥に坐っていた。思いきって中へはいれなかった。皆がじっと私を見据えているような気がした。客間の一隅《ぐう》に、男が一かたまりになって話しこんでいる後ろに行って、身を隠した。そこからエレノールをしげしげと眺《なが》めた。彼女は心もち変ったようだった。顔はいつもより蒼ざめていた。伯爵は私が隠れ場のような所に身を潜めているのを見つけた。近寄ってきて、私の手を取り、エレノールの方へ引っぱって行った。「紹介しよう。お前の思いがけない出発で一番びっくりなさった人の一人だよ」と笑いながら言った。エレノールは隣の婦人に話しかけていた。私の姿を見るや、言葉は唇の上ではたと止った。彼女はすっかりどぎまぎした。私とても同然だった。

ひとが聞くかも知れなかった。そこで当り障《さわ》りのないことをきいた。二人ともうわべだけは平静を取戻した。食事の用意のできた旨が知らされた。私はエレノールに腕を差出した。彼女はそれを拒むことはできなかった。私は彼女を案内しながら、「もし明日十一時にお宅で会う約束をして下さらなかったら、今すぐおいとまします。国も、家も、父も棄てます。一切の関係を断ち切り、一切の義務を抛《なげう》ってしまいます。そして、どこへでも構わず行って、さっさと死んでしまいます、だってなぶり殺しになさるんですものね」と言った。すると、彼女は「アドルフ！」と言った。そしてためらっていた。私は離れるような身振りをした。自分がどんな顔つきをしたかはわからないが、これほど激しい痙攣《けいれん》を感じたことはなかった。

エレノールは私をじっと見つめた。その顔の上には愛情の混った恐怖の色が現われた。彼女は言った。「明日お会いしますわ。でもお願いですから……」後ろに大勢人がいたので、彼女はおしまいまで言えなかった。私は彼女の手を腕でしっかり締めつけた。私たちは食卓についた。

エレノールの隣に坐りたいのは山々だったが、主人は席順をそう決めてはいなかった。私の席は彼女とほとんど向い合せの所だった。食事の始まった頃は、彼女は何か夢でも追っているようだった。言葉をかけられると優しく答えた。だがまたすぐに放心状態に陥った。あまり黙りこくったまま沈みこんでいるので、友達の一人が心配して、もしかしたら病気ではないかときいた。「ここのところずっとよくありませんでしたの。今でもまだいけませんのよ」と彼女は答えた。私はエレノールの心に気持のいい印象を与えたいと思った。愛嬌《あいきょう》よく振舞い、才気も見せて、自分に好意を持たせよう、そして先ほど約束してくれた明日の逢《お》う瀬を待ちもうける気持にしてやろうと思った。そこであらゆる手をつくして気を引きにかかった。彼女に興味があるとわかっている話題の方に話をもっていった。周囲の人々がそれに乗ってきた。彼女がいるので私は調子づいていた。やっとのことで彼女に耳を傾けさすことができた。間もなく彼女のほほえむのを見た。それを見て、私は嬉《うれ》しくてたまらず、感謝が瞳《ひとみ》にあふれたので、彼女も心を動かされずにはいられなかった。悲しげな、ぼんやりした様子は消えてしまった。自分のおかげで私が幸福そうにしているのを見て、胸にこみあげてくる秘やかな悦びにももはや抗しきれないのだった。そして、食卓を離れたときには、二人はかつて一度も引離されたことはなかったかのように、私たちの心は互いに融《と》け合っていた。「ねえ」と、客間に帰るために手を差出しながら私は言った。「私はあなたの意のままなのです。いったい私が何をしたからといって、あんなに私を苦しめて悦んでらしたのでしょう？」

Ⅲ

その夜はまんじりともしなかった。心中もはや打算も策略もなかった。真心こめて、本当に恋しているような気がした。私を行動させるものは、もはや成功の望みではなかった。恋しい人に会いたい、一緒にいたい、そうした想いだけが私を支配していた。十一時が鳴った。私はエレノールのもとに赴いた。彼女は待っていた。彼女は話したがった。だがまず私の言うことを聞いてもらいたいと頼んだ。私は彼女のそばにかけた。とても身体を支えていられないのだった。それから私は、次のようなことを、それもとかく途切れがちに話していった。

「私はあなたの宣告に抗議しに参ったのではありません。お気に障ったかも知れぬあの告白を取消しに参ったのでもありません。取消そうたって、取消せるものではありません。あなたがはねつけていらっしゃるこの愛は、どうにも打壊《うちこわ》すことのできないものなのです。現に今、少し落ちついてお話ししたいと努力していますが、この努力にしましても、あなたのお気に逆らっている愛情がいかに激しいものであるかという証拠です。でも、今更そんなことをお話しするために、聞いて頂きたいというのではありません。それどころか、そんなことは忘れて頂きたいのです。もと通りに会って頂きたいのです。あの興奮のひとときの思い出を忘れて頂きたいのです。私が心の奥底にしまっておくべきであった秘密を、知っていらっしゃるからといって、私を責めないで頂きたいのです。あなたは私の立場をよく御存じです。人から気紛れで無作法だと言われているこの性格、世間のことには無関心で、人中にあっても一人ぼっち、そのくせ、そう運命づけられた孤独に悩んでいるこの心を、よく御存じです。私はあなたの友情に支《ささ》えられていたのです。この友情がなくては、私は生きていけません。あなたにお会いすることが習慣になったのです。あなたは、こういう嬉しい習慣が生れ、出来上がっていくのを、黙って見ていらしたのです。いったい、私が何をしたからといって、こんなにも悲しい暗い生活の、たった一つの慰めまで失わねばならないのでしょう？　私はとても不幸な男です。もう、こんなにも長い不幸に堪える力はありません。何も望みはありません、願いもありません。ただあなたにお会いしていたい、それだけです。そうです、生きていかねばならないとすれば、どうしてもあなたにお会いしていなければならないのです」

エレノールは黙っていた。そこで私は続けた。「何を心配していらっしゃるのです？　何を私が要求しているというのでしょう？　誰にだって許していらっしゃることではありませんか。世間を恐れておいでなのですか？　外面だけ仰々しい下らないことに頭をつっこんでいるあの連中に、私の胸など読みとれるものですか。それに私だって、どうして慎重に振舞わないでしょう？　私の生命にかかわることではありませんか？　エレノール、どうぞ私の願いをきいて下さい。あなただって嬉しくお思いになるでしょう。私はあなたのことばかり考え、ただあなたのためにだけ生きているのです。私がまだ幸福を感じうるのも、すべてあなたのおかげです。あなたさえいらっしゃれば、私は苦痛からも絶望からも救われるのです。そんなふうに愛されることは、そうした私を御自分のそばに見ていらっしゃることは、何か心楽しいことにちがいないでしょう」

こんなふうに、ぐあいの悪いことには一切触れず、自分の立場を有利に弁護してくれそうな理屈だけをあれこれ手を換えて繰返しながら、長い間話し続けた。私はほんとに素直だった、諦めきっていた、望むところもほんの僅かだった。もしこれさえも拒絶されたとすれば、どんなにか私は惨《みじ》めだったことだろう！

エレノールは心を動かされた。彼女は多くの条件をつけた。たまに会うことしか許してくれなかった。大勢人のいるところで、しかも愛の言葉は決して囁《ささや》いてはならないというのだった。私は彼女の望み通りに約束した。私たちは二人とも満足だった。私は、危うく失いかけた幸福を取戻したし、エレノールの方は、寛大で思いやりがあって、しかも同時に慎重な自分を見たのである。

次の日から早速許しを利用した。来る日も来る日も、同じようにそれを続けた。エレノールの方ももはや、そんなにしげしげ来ては困ると思わなくなった。間もなく、彼女にとっては、毎日会うのは当然すぎるほど当然なことに思われてきた。十年間の貞節で、P＊＊＊伯爵は信用しきっていた。そこで、エレノールにはしたいようにさせていた。彼は、自分に定められた社交界から自分の想い女《めの》を除け者にしようとする世間の声に対して闘わねばならなかったので、エレノールの交際のひろくなっていくのを見て喜んでいた。家が来客で賑《にぎ》わうのは、彼の目から見れば、自分が世間の声に打勝った確かな証拠だった。

私が行くと、いつもエレノールの目差《まなざし》には悦《よろこ》びの色が見えた。話に興が乗ってくると、彼女の視線はおのずと私の方に向けられた。誰かが面白い話をすると、必ず、来て聞くようにと私を呼んだ。だが、彼女は決して一人でいることはなかった。私はただ、無意味な言葉や、とぎれとぎれの言葉を口にするだけで、何一つ特別な話をすることもなく、幾夜かは過ぎていった。間もなく、こうした窮屈さに苛々してきた。私は陰鬱になり、無口になり、気分はむら気になり、言葉はとげとげしくなった。ほかの者がエレノールと二人きりで話しているのを見ると、私は自分を抑《おさ》えかねた。そしていきなり話の邪魔をした。人が怒ろうと問題ではなかった。彼女に迷惑をかけてはという懸念も、必ずしも私を引止めることはできなかった。こうした変りようを彼女はこぼした。「仕方がないじゃありませんか」と私は我慢しきれなくて言った。「あなたはたぶん、私のために多くのことをしたと思ってらっしゃるでしょう。だが、それはあなたの見当違いだと申しあげねばなりません。私には、近頃のあなたのなさり方が、さっぱりわからないのです。もとはあなたは引っこんでおいででした。うるさいつきあいは逃げておいででした。ろくでもない長話は避けておいででした。だいたいああした無駄話は、初めから取上げる値打がないものだからこそ、ああやってだらだらと続くのです。ところが今では、あなたの家の扉はすべての人に向って開かれています。まあいってみれば、私に会って下さいとお頼みして、同時に皆に、私に対すると同じような恩恵を得させてやったようなものですね。はっきり申しあげますが、かつてあんなにも慎み深いあなたを見た私が、今こんなにも浮《うわ》ついたあなたを見ようとは、まったく思いがけないことです」

エレノールの表情に、私は不満と悲しみの色を見てとった。「ねえ、エレノール」と私は急に折れて言った。「では私は、あの大勢のうるさい取巻き連中から区別されるだけの値打がないのでしょうか？　愛情には秘密がないものでしょうか？　それは、騒々しい物音や人ごみの中では、物に怖《お》じ易い臆病なものではないでしょうか？」

エレノールは、ここで頑強な態度を取っては、私が再び無鉄砲なことをしでかしはしないかと怖《おそ》れていた。彼女はそれを、自分のためにも、また私のためにも警戒していた。別れようという考えは、もはや彼女の心には浮ばなかった。とうとう、たまには二人きりで会うことを承知した。

そこで、彼女が私に課していた厳《きび》しい規則は急速に改められた。彼女は私が恋を語ることを許してくれた。彼女はだんだん恋の言葉に慣れてきた。そして間もなく、自分の方でも私を愛していると告白した。

私は、自分こそは男の中の一番の果報者だと言って、愛情と犠牲と変らぬ尊敬を幾度となく繰返しながら、数時間を彼女の膝元《ひざもと》で過した。彼女は彼女で、私から遠ざかろうとしてどんなにか苦しんだこと、そうは努力するものの、自分の本当の胸のうちを見破ってもらいたいと幾度となく望んだこと、耳にふれるちょっとした物音にも私が来たように思えたこと、私に再び会ってどんなにか困惑し、どんなにか悦び、どんなにか怖れたこと、また心の傾きと、そうはさせまいとする分別とを折衷《せっちゅう》さすために、社交界の気晴らしに身を任せ、かつては避けた人の集りを求めたが、それはどんなにか自信のない気持であったこと、などを物語った。私はどんなにこまごましたことも繰返し語らせた。すると数週間のこの物語が、私たちには一生の物語のように思われた。恋は一種の魔法によって、思い出を補足して長いものにする。恋以外の他のすべての愛情は、過去を必要とする。だが恋は、あたかも妖術《ようじゅつ》のように、一つの過去を創造し、その過去でわれわれを包む。いわば、つい先頃まではほとんど見ず知らずの人であった一人の人間と、はや幾年も起居をともにしていたような気持を抱かせる。恋は一つの光点にすぎない。にも拘《かかわ》らず、それは永劫《えいごう》にわたっているように思われる。つい数日前まではそれは存在していなかった。そしてまた間もなく消えてしまうであろう。だがそれが存在する限りは、その光を、あとに続く時の上に投げかけると同様、過ぎ去った時の上にも投げかけるのである。

この平穏な状態は、しかし、長くは続かなかった。自分の犯した過失の思い出に付纏《つきまと》われていただけに、エレノールはいっそう自分の弱点を警戒していた。そして私の想像力、欲望、また自分でも気づかなかった自分勝手な自惚《うぬぼれ》の理屈は、このような恋愛に反抗した。いつもおどおどしているくせに、よく腹をたて、不平を言ったり、逆上したりして、エレノールを小言責めにした。一度ならず彼女は、その生活に不安と混乱しかもたらさないこの関係を断ち切ろうと企てた。そして私も一度ならず、哀願したり、失言を取消したり、泣いたりして、彼女を宥《なだ》めた。「エレノールよ」とある日私は手紙を書いた。「あなたは私がどんなに苦しんでいるか御存じないのです。おそばにいても、離れていても、いずれにしても不幸です。お別れしているときには、どう支えようもない生活の重荷におしひしがれて、あてもなくさまよい歩くのです。人中はうるさく、といって、孤独もたまりません。ひとの心も知らないで私を観察し、冷やかな好奇心や無慈悲な驚きで私を見るあの無頓着《むとんちゃく》な連中、この私にあなたに関係ないことを敢《あ》えて話しかけようとするあの連中ときたら、私の胸に死の苦しみをもたらします。私は彼らを避けます。しかし一人になったとて、このおしつけられた胸に息を吸いこむことはできないのです。地が裂けて永久に自分なんか呑みこんでくれたらと、私は大地に身を投げつけ、身を灼《や》きつくすこの激しい熱病を鎮めたいと、冷たい石の上に頭をのせるのです。身を引きずるようにして、お宅の見えるあの丘の方に行きます。そしてそこに立ちつくして、決してあなたと一緒に住むことのないあの隠家《かくれが》をじっと見つめるのです。ああ、もう少し早くお逢いしていたら、あなたは私のものとなっていて下さったでしょうに！　あなたを求めていながら、あなたを見つけだすのが遅すぎた故にこんなにも苦しんだこの心、この私の心のために自然が造ってくれたたった一人のひとを、わが胸にしっかと抱き締めていたことでしょうに！　やっと、こうした熱病に憑《つ》かれた数時間もすぎて、あなたにお会いできる時間がくると、私は怖れ戦《おのの》きながら、あなたのお宅へと足を向けるのです。道で遇《あ》うすべての人に、胸の中を見透かされはしないだろうかといった気がします。私は立止り、またゆっくり歩きだします。幸福の瞬間を、あらゆるものに脅かされて、しょっちゅう今にも失われそうな気のするこの幸福の瞬間を、おくらせるのです。この幸福も中途半端な、乱されがちなもので、それに対して、おそらくは、忌わしい出来事、嫉妬《しっと》深い視線、勝手気ままな気紛れ、さてはあなた御自身の意志までが、絶え間なく陰謀を企《たくら》んでいるのです！　やっとお宅の戸口まで来て、扉をそっとあけると、またしても新しい恐怖にとらえられるのです。私は罪ある人のように、目につくあらゆるものに赦《ゆる》しを求めつつ進んで行きます。あたかもすべてが敵であり、すべてが私がなおも享受しようとしている幸福の瞬間を嫉《ねた》んでいるかのように。ちょっとした物音にも脅かされ、まわりのちょっとした動きにもびくっとし、自分の足音にさえはっとたじろぐのです。あなたのすぐそばに来てからでも、何か邪魔物がいきなりあなたと私の間にはいりそうで心配です。やっとお目にかかります。お目にかかってほっとし、あなたをしげしげと眺め、立止ります。ちょうど逃亡者が、死から救ってくれる安全な土地に辿《たど》りついたときのように。しかしそういうときでさえも、全身をあなたに投げだして、あれほどの苦悩の疲れをいやしたい、あなたの膝の上に頭をのせて、心ゆくまで泣いてみたいと思うのに、私は惨《むご》たらしくも自分を抑えなければならないのです。あなたのおそばにいてもなお、努力の生活をしなければならないのです。ひとときとして、ありのままの心を吐露する折もなければ、うち寛《くつろ》ぐ暇もないのです！ あなたの視線は私をじっと観察しています。あなたは私の心の乱れに当惑していらっしゃいます。ほとんど気を悪くしていらっしゃいます。ともかくも恋を打明けて下さったあんな楽しいときがあったのに、何かしら気まずいことになってしまいました。時は瞬く間に流れ、新しい用事があなたを呼びます。あなたもそれを決して忘れようとはなさらないのです。そして一度だって、別れの時刻を延ばしては下さらないのです。ほかの人たちがやって来ます。もうあなたをじっと見ていることは許されません。周囲の疑惑の目を避けるために、逃げださねばならないような気がします。そこで私は、お会いする前よりもいっそう興奮し、いっそう胸を掻《か》きむしられ、いっそう気ちがいのようになって、お別れするのです。お別れしてはまた、あの怖ろしい孤独の底に沈むのです。そしてそこで、たとい一瞬にしろ頼ったり信を置いたりができる人間には一人としてめぐりあうこともなく、私はただもがき苦しむのです。」

エレノールはいまだかつてこんなふうにひとから愛せられたことはなかった。なるほどP＊＊＊伯爵は彼女に対してまことの愛情を抱き、その献身に対しては心からの感謝を捧《ささ》げ、その性格に対しては非常な尊敬を払っていた。だが彼の態度にはいつも、何かしら、正式な結婚もせずに公然と身をまかせた女性を上から見下している、といったところがあった。彼は世間の目から見てもっと立派な縁を結ぶこともできたであろう。だがそんなことは、決して彼女に言いはしなかった。おそらく、自分自身に向っても言いはしなかったであろう。だが、口にしなくても、肚《はら》の中にあるものはやはりあるのだし、あるものは必ず見抜かれる。エレノールはこれまで、こうした情熱的な感情や、自分に溺《おぼ》れきった男の存在など考えてみたこともなかった。私が物狂おしく猛《たけ》りたったことも、不当な仕打に出たり、責めたてたりしたことも、実は私がそうした存在であることのいっそう確実な証拠にほかならなかったのである。かつて彼女の抵抗は、私のあらゆる感覚、あらゆる観念をたかぶらせたものだった。ところが今や、私は逆上して彼女を怖れさせることをやめて、再びおとなしくなり、優しくなり、彼女を偶像的に崇《あが》めていた。私は彼女を天上の尊い創造物のように考えていた。私の恋は宗教的な性質を帯びていた。ところで、彼女はその反対の方向におとしめられはすまいかと絶えず怖れていただけに、私の恋はいっそう彼女にとっては魅力のあるものだった。ついに彼女はすべてを私に委《ゆだ》ねた。

恋の結ばれた当初から、この恋の永遠であるべきことを信ずることができないような男には禍《わざわ》いあれ！　今得たばかりの愛人の腕に抱かれながら、すでに不吉な予感を持ち、いつかはこの腕からのがれることもあろうと見越すような輩《やから》には禍いあれ！　己れの心に引きずられてゆく女には、この瞬間、何かしら心を打つ、神聖なものがある。恋を汚すものは、快楽でもなければ、自然性でも、また官能でもなく、実に社会から教えこまれる打算であり、経験から生れる反省である。エレノールが身をまかせた後は、私は前にも幾倍して彼女を愛し、また尊敬した。私は誇らかな気持で人々の間を歩いた。見下しているような目差《まなざし》で彼らを見回した。大気を呼吸することも、ただそれだけで楽しかった。思いがけない恩恵、自然が与えてくれたこの広大無辺な恩恵に感謝するために、私はその自然の懐《ふところ》に飛びこんで行った。

IV

恋の魅力よ、誰がお前を描くことができよう？　自然によって定められた人間を探しあてたというあの確信。俄《にわ》かに生命を照らし出して、われわれにその神秘を説き明すかに見えるあの日ざし。いかに小さなことにもなお結びつけられるあの未知の価値。こまごましたことはその楽しさ故にかえって記憶にとどまらず、心の中にただ一筋、長く幸福の跡を残すだけのあの矢のような時の流れ。ときとしていわれもなく、平生の感動にまじるあの気ちがいじみた陽気さ。共にあるときのあの嬉しさ。また離れているときのあの希望。すべて浮世の俗念を超越したあの気持。周囲のすべてに対するあの優越感。今からは誰もわれわれが住んでいる場所にまで追いかけてくることはできないというあの自信。互いに一つ一つの考えを見抜き、一つ一つの感動に応《こた》え合うあの理解。恋の魅力よ、たとい身をもってお前を感じ取っても、お前を描き出すことはできまい！

P＊＊＊氏は差迫った用事のために、六週間ばかり家をあけねばならなかった。この間私はほとんどエレノールのところに入りびたっていた。彼女の愛着は、私に犠牲を払ったことによっていっそう募ってきたようだった。私が帰ろうとすると、必ず引止めずにはいなかった。出て行くときには、この次はいつ来るかとたずねた。二時間の別れも彼女には辛《つら》いのだった。また来るときをはっきり決めても、なお不安がっていた。私は悦んで彼女の言いなりになった。彼女の示してくれる情けが有難くもあり、嬉しくもあった。とはいうものの、日常生活にはいろいろな事情があって、一から十までわれわれの思う通りになるものではない。すべての足取りが前もって示されてあったり、すべての時間がこんなふうに決められてあるのは、ときとして不便なことがあった。何をするにもせかせか急がねばならず、友人の大部分とも交際を断たねばならなくなった。友人に遊びに誘われても、普通の場合だったら別に断わる理由もないのだが、なんと答えたものか当惑してしまった。もともと社交界の遊びなどには大して興味を持っていない私だったから、エレノールのそばにいれば、そうしたものには別に未練はなかった。だが、もう少し自由な気持で断われるようにしてほしかった。もう時間だ、きっと心配して待っているにちがいないなどと案じたり、せっかく楽しみにしている逢う瀬の悦びが、相手の苦痛を思うことによって影をさされたりすることもなく、ただ私自身の意志によって彼女のもとに帰るのだったら、もっと楽しかったであろう。もちろん、エレノールは私の生活において力強い悦びではあった。だがもはや、彼女は目的ではなかった。一つの絆《きずな》になっていたのである。それに、私は彼女の立場が危うくなるのを怖れていた。のべつ入りびたっているので、召使たちや子供たちは驚いていたにちがいなかった。彼らは私たちを観察するかも知れないのだった。彼女の生活を乱すことになりはしないかと考えて、私はびくびくしていた。所詮《しょせん》二人は永久に結ばれているわけにはいかないとすれば、彼女を静かに暮させてやることこそ私の神聖な義務である、とそう私は感じていた。そこで変らぬ愛を誓いながらも、慎重な態度を取るようにと忠告した。しかしこうした忠告をすればするほど、逆に彼女はますます私の言葉を聞こうとはしなくなった。同時に、私は彼女を苦しめることを極度に怖れていた。彼女の顔に苦悩の表情を見るや、たちまち私は彼女の言いなりになった。彼女が私に満足しているときでなければ、私は落ちついた気持になれなかったのだ。どうしてもしばらく出て行かねばならないと言って、やっと彼女のもとを離れることができても、私のそうした仕打のために苦しんでいる彼女の姿がどこまでも付纒ってきた。私は熱病のような後悔の念にとらわれ、それは刻々に募ってきて、とうとう耐えきれなくなった。そこで彼女の方に飛ぶようにして帰って行った。彼女を慰めなだめる楽しみを期待しながら。だが、家に近づくにつれて、この不思議な力に対する何となく不快な感情が、ほかのいろんな感情に混ってきた。エレノール自身も興奮していた。思うに、彼女はこれまで誰に対しても抱いたことのない感情を私に対して感じていたのだ。これまでの関係では、囲いものという堪えがたい境遇のために彼女の心は傷つけられていた。だが私に対しては完全に気楽だった。なぜといって、私たちは完全に対等だったから。打算や利害関係の全然ない恋によって、彼女の目には、自分が高まったように映っていた。ただ私ゆえに私を愛してくれているのだと私が確信していることを、彼女は知っていた。しかし、私にすべてを任せるようになってからは、心のどんな動きも私に隠さなくなった。思ったよりも早く帰ってきたことに苛々しながら、彼女の部屋にはいって行くと、彼女は沈んでいるか、さもなければ怒っていた。彼女から離れていれば、自分から離れて心配しているだろうと考えては二時間を苦しみ通し、更に彼女のもとに帰ってくれば、彼女を宥め終るまでにまた二時間を苦しむのだった。

そうはいうものの、私は不幸ではなかった。たとい気むずかしい愛し方であるにせよ、愛されるのは快いものであると思っていた。自分は彼女にいいことをしているのだという気がしていた。彼女の幸福はもちろん私に必要だったが、その彼女の幸福にはこの私が必要であることを、私は知っていたのだ。

それに、自然の理《ことわり》からいってもこうした関係は永続きするものではないという漠然とした考え、いろんな点からいって悲しいこの考えが、それでも、疲労や焦燥の発作の折には、私を鎮めてくれるに役立った。P＊＊＊伯爵とエレノールとの関係、私たちの年齢の不釣合い、境遇の相違、すでにいろんな事情で一日延ばしになってはいるがやがてその日も近い私の出発、そんなことを考え合せると、できうる限りの幸福をなおこの上に与えもし、受けもしたいと思わずにはいられなかった。もっとも、まだ何年かは大丈夫と考えていたので、一日や二日の時日を争っているわけではなかった。

P＊＊＊伯爵が帰ってきた。伯爵は間もなくエレノールと私の間を疑いはじめた。日一日と、冷たい打沈んだ態度で応対するようになった。私はエレノールに、彼女がどんな危険を冒しているかを熱心に説いた。数日の間私の訪問をやめさせてもらいたいと頼んだ。ひとの口や、財産や、子供たちのことを持ち出した。彼女は長い間黙って聞いていた。顔は死人のように蒼《あお》ざめていた。それからやっと口を開いた。「どっちみち、そのうちあなたは行っておしまいになるんですわ。そのときはそのときとして、取越し苦労はよしましょう。どうぞわたしのことなど心配しないで下さい。一日一日を、一時間一時間を大切にしましょう。その一日一日が、その一時間一時間がわたしに必要なすべてですわ。なぜかしら、アドルフ、あなたの腕に抱かれて死ぬような気がしてなりませんわ」

そこで私たちは、以前通りの生活を続けていった。私は相変らず不安にかられ、エレノールは相変らず悲しみに沈み、P＊＊＊伯爵は相変らず無言のまま憂わしげな顔をして。とうとう待っていた手紙が来た。父は自分のもとに帰ってくるようにと命令していた。私はこの手紙をエレノールのところへ持って行った。「あら、もう」と彼女は読み終るや言った。「こんなに早く来るとは思ってませんでしたわ」それから涙に泣きぬれながら、私の手を取って言った。「アドルフ、知ってらっしゃるわね、わたし、あなたなしには生きて行けないってこと。さきざきどんなことになるか、自分にもわからないわ。でも、お願いですから、まだたたないで頂戴。ここに残る口実を捜して頂戴。もう半年いてもいいように、お父さまにお願いして下さいな。だって半年って、そんなに長いものでしょうか?」私は思い直させようとした。だがあまりにも痛々しく泣くし、わなわな身体《からだ》を顫《ふる》わせているし、顔には悲痛な苦しみの色がありありと見えるので、私は続けることができなかった。私は彼女の足もとに身を投げ、両腕にしっかと彼女を抱きしめ、変らぬ愛を誓った。そして父に返事を書くために出て行った。事実私は、エレノールの苦しみで刺激された興奮で手紙を書いた。帰国の遅れる理由をあれこれ並べ立てた。ゲッチンゲンで聴講できなかったいくつかの講義をD＊＊＊で聴講することの利益を取りたてて述べた。そして手紙を郵便に託したときには、この要求が許されることを熱情こめて望んでいた。

夕方エレノールのもとに引返した。彼女は長椅子に腰かけていた。P＊＊＊伯爵はかなり離れて、煖炉《だんろ》のそばにいた。二人の子供は部屋の奥の方にいたが、遊びの手を止めていた。その顔には、何が原因ともわからないが何かただならぬ気配を見てとったときの、あの子供の驚きの表情が見られた。彼女に、望み通りにしたことを身振りで知らせた。喜びの色がきらりと瞳《ひとみ》に輝いた。だがそれはすぐに消えた。誰も口をきかなかった。この沈黙は三人にとって気づまりになってきた。とうとう伯爵が口を切った。「近くおたちになるという話ですね」そんなことはいっこうに知らないと答えると、伯爵は言葉を返して言った。「あなたくらいのお年になれば、早くお仕事におつきになる方がいいと思いますね。もっとも……」と、ここでエレノールの方を見ながらつけ加えた。「誰でもが私のように考えてるとも限りませんがね」

父の返事は待つ間もなく届いた。抜《ひら》きながらも、もしも拒絶してきたら、エレノールがどんなに苦しむだろうと、身体がぶるぶる顫えた。おそらくは自分もその苦しみを、同じ辛さで分ち合うであろうとさえ思えた。ところが、そこに父の承諾の言葉を読むと、いきなり、滞在を更に延ばした場合のあらゆる厄介さが胸に蘇ってきた。「また半年窮屈な生活に縛られるのか！」と私は心に叫んだ。「その半年の間、友情を示してくれた人を不愉快にし、私を愛している女を危ない目にあわせるのだ。せっかく静かに、ひとからも尊敬されて暮せるたった一つの境遇を、彼女から奪うようなことにもなりかねないのだ。そして父もだますのだ。それはなぜだ？　遅かれ早かれ避け得られない苦痛に、ほんの一瞬立ち向うだけの勇気がないからだ！　ところで、私たちはこの苦痛を、毎日少しずつ、一滴一滴となめているのではなかろうか？　私はエレノールを痛めつけるばかりだ。私の気持は、このままでは、彼女を満足させることはできない。せっかく彼女のためにわが身を犠牲にしたところで、彼女の幸福のために何の実も結びはしない。そして私はといえば、一瞬として寛ぐひまもなく、一時間として落ちついて、息をつくこともできず、何の役にも立たねば、一本立ちもできず、ただ徒らにここで日を送るのだ」こうしたさまざまな物想いに耽《ふけ》りながら、私はエレノールの家にはいって行った。彼女は一人でいた。「もう半年いますよ」と私は言った。「せっかくの知らせなのに、なんて素っ気なくおっしゃるんでしょう」「だって、ざっくばらんに言って、この上いては、お互いにどんなことになるか心配なんです」「でも少なくともあなたには、大して御迷惑になるとは思われませんわ」「よくご存じゃありませんか。エレノール。私が一番心配しているのは、決して自分のことじゃないんです」「といって、他人の幸福のことでもありませんわね」話の調子が嵐を孕《はら》んできた。エレノールは、当然私が一緒に喜ぶにちがいないと思いこんでいたのに、後悔している様子に見えたので、気持を害《そこ》ねたのである。私は私で、前々の決心が彼女のためにうやむやになったので、心を傷つけられたのだ。激しい嵐の場面となった。二人は互いに非難を浴びせ合った。エレノールは、私にだまされた、ただ一時の慰みものにされた、私のために伯爵の愛情を失った、生涯かけて抜け出そうと努めたあの曖昧《ちいまい》な境遇にみんなの見ている前で引戻された、と言って私を責めたてた。私は私で、ひたすら彼女に従おうとして、彼女を悲しますまいとしてやったことが、こんなふうに悪くとられたのを見て、苛立《いらだ》った。私は自分の束縛された生活、無為に朽ち果てて行く青春、一つ一つの行動を左右する彼女の専横をかこった。そんなことを言っているうちに、見ると、彼女の顔が突然涙に濡れた。私は話をやめ、言いすぎた言葉をあとに戻し、取消し、弁解した。私たちは抱き合った。だが最初の一撃は打ちおろされ、最初の関は破られたのだ。二人とも取返しのつかぬ言葉を口にしてしまった。口を噤《つぐ》むことはできたが、その言葉を忘れることはできなかった。長い間互いに口に出さずに胸に畳んで置ける事柄がある。だが、ひとたび口にされたが最後、それは絶えず繰返されるのだ。

こうして私たちは、不自然な生活のまま、四ヵ月を過した。ときとして楽しい折はあっても、心から寛げることは決してなかった。まだ面白い目をみることもあったが、もはやそこには魅力は見いだされなかった。しかしエレノールの心は私から離れなかった。どんなに激しい口論をした後でも、まるで私たちがこの上もなく穏かで睦《むつま》じい仲ででもあるかのように、いそいそと私を迎え、綿密に再会の時間を決めた。エレノールをこんな気持にさせるのは私のやり方そのものの罪だ、ともしばしば考えた。もしも、彼女が私を愛するようにこちらでも愛していたら、彼女ももう少しは落ちつけたであろうし、自分の方で、自分の冒している危険を反省もしたであろう。だが、あらゆる慎重な態度を彼女は厭《いと》わしく思った。というのは、私が慎重な態度を取っていたからだった。彼女は決して自分の犠牲を数えたてはしなかった。というのは、私にそれを受入れさせようと夢中になっていたからだった。彼女は私に対して冷やかになる暇はなかった。なぜといって、彼女のすべての時間、すべての努力は、私を引止めるために尽されていたから。あらためて決めた出発の日が近づいてきた。それを考えると、悦びと未練が胸に交錯した。それは、確実に病気を癒《なお》すために苦しい手術を受けねばならぬ人が感ずる、あの気持にも似ていた。

ある朝のこと、エレノールから、すぐ来てくれるようにとの手紙が届いた。「伯爵は」と彼女は言った。「あなたにお会いしてはいけないと言うのよ。そんな乱暴な命令には従えませんわ。あの人の追放されたとき、わたしはついて行きました。財産も救ってやりました。いろんなことで尽してあげました。今ではあの人も、わたしなしで立派にやっていけるはずですわ。でもわたしは、あなたなしには生きていけませんわ」私にはとうてい理解できない計画を思い止らせるために、私がどんなに嘆願したかは、容易に察しがつくであろう。私は世間の評判のことを話した。「評判ですって？」と彼女は答えた。「それがわたしに対して正しかったことは、一遍だってありはしませんわ。十年間というもの、どんな女にも負けず、するだけのことはしましたわ。でも世間はやっぱり、わたしが当然仲間入りできるところからわたしを押しのけましたわ」そこで今度は子供たちのことを思い出させた。「わたしの子供はP＊＊＊の子供です。正式に認めたのです。これからだって面倒をみてくれるでしょう。子供たちにしたって、恥にしかならぬ母親なんか、いっそ忘れてしまう方が幸福ですわ」私は重ねて頼んだ。「ねえ」と彼女は言った。「もし伯爵と別れたら、会って下さらないの？　会って下さらないの？」と、私が思わず身顫《みぶる》いしたような激しさで私の腕をつかまえながら、繰返した。「そんなことはありませんよ、もちろん」と私は答えた。「あなたが不幸になればなるほど、あなたのために尽しますよ。でも、よく考えて下さい……」「考え尽しましたわ」と彼女は遮《さえぎ》った。「あの人が帰って来ます。さあ、帰って。もう二度とここへは来ないで下さい」

その日のそれからを、私は言いようのない懊悩《おうのう》のうちに過した。二日たってもエレノールの消息は耳にはいらなかった。その後どうしているのかわからないのが辛かった。会えないことも辛かった。彼女から離れていることがこんなにも苦しいのに驚いた。しかしながら一方、彼女のためにあんなにも心配したあの決心を断念してくれたらと願っていた。そして、まずそうなったものと思いこみはじめていたときに、一人の女がエレノールからの手紙を持ってきた。それには、これこれの街の、これこれの家の四階にぜひ会いに来てくれるように、と書いてあった。私は駆けつけたが、心の中ではまだ、P＊＊＊氏の家では会えないから、もう一度だけよそで最後の別れを惜しみたいというのであってほしいと念じていた。ところが行ってみると、定住の支度をしているのだった。彼女は嬉しそうな、同時にまたおずおずした様子で、私の瞳の中に気持を読み取ろうとしながら、近づいてきた。「一切合財御破算よ」と彼女は言った。「完全に自由な身よ。わたし個人の財産から年金が七十五ルイはいるの。わたしにはそれで十分ですわ。あなたはまだここに六週間はいらっしゃるわね。あなたがおたちになるときには、わたしもたぶんおそばに行けると思いますわ。あなたもたぶん会いに来て下さるわね」そして、返事を怖れるかのように、その計画についてあれこれと事こまかに語りだした。自分が幸福になれること、何一つ私のために犠牲を払ったわけではないこと、この決心は自分としての適当な処置であって、決して私には関係ないことなどを、なんとかして私に納得させようとした。彼女がずいぶん無理していること、自分の言葉の半分しか信じていないことは、はっきりそうとわかった。彼女は私の言葉を聞くのが怖《こわ》くて、自分自身の言葉に酔っていた。私の反対で再び絶望のどん底に投げこまれるかもわからない瞬間を遅らせようと、むやみに勢いこんで、自分の話をいつまでも長引かせていた。私の心の中には、何一つ申立てる反対も見いだせなかった。私は彼女の犠牲を受入れて、それを感謝した。実は私もそれを嬉しく思っているところだと言った。なおそれ以上のことも言ってしまった。何か取返しのつかぬことが起って、どうしても離れられないようになればと、かねがねねがっていたと断言したのだった。今まで私が優柔不断だったのは、慎重な心づかいが彼女の境遇を覆《くつがえ》すようなことに同意を阻《はば》んだからだと言った。つまり一言で言えば、彼女の心から、一切の苦痛、一切の危惧、一切の悔恨、また私の気持に対する一切の不安を遠く追い払う考えしか念頭になかったのだ。話している間は、この目的以外には何も目の前にはなかったし、また、事実私は真面目な気持でそれを約束したのだった。

V

エレノールとP＊＊＊伯爵の別居は、世間に、予想するに難くない結果を生んだ。エレノールは十年の献身と貞節の成果を一瞬にしてふいにした。構わず次から次と好きな男に身を任すたぐいの女どもと一緒にされた。子供を棄てたために非道な母親と見なされ、一点非の打ちどころのない評判を持っていらっしゃる御婦人連は、女として一番大切な徳をおろそかにするようではやがてほかの徳だってみんな台なしになるに決ってると、さも満足げに繰返した。同時に、人々は彼女を不憫《ふびん》がりもしたが、それは私を非難する楽しみを失わないためにであった。私のやり方は女たらしの手だと言われた。ひとの親切をふみにじり、一時の気紛れを満足さすために、一人は尊敬し一人は労《いた》わらねばならぬ二人の人間の安息を犠牲にした、恩知らずのやり方だと言われた。父と知合いのある人たちは厳しい意見を言ってよこした。父の友人でも、私にそれほど無遠慮な口のきけない人たちは、遠回しの仄《ほの》めかしで不賛成の意を匂《にお》わせた。ところが若い連中は、反対に、私が伯爵を出し抜いた手ぎわにすっかり喜んだ。そして、私が制しようにも制しきれぬ冗談をあれこれ飛ばして、私の勝利に讃辞《さんじ》を呈し、自分たちもこれにあやかってやってみせるなどと言う始末だった。こうした手厳しい非難や恥ずかしい讃辞のために、どんなに苦しい思いをしたかは、とうてい述べ尽せないであろう。もしもエレノールをほんとに愛していたのだったら、二人に対する世評をもとに引戻せたはずであると私は信じている。真心の力は実に強いものであるから、ひとたびこの真心が口を開けば、いい加減な解釈やこしらえものの世俗の掟《おきて》などは黙してしまうのである。ところが私は、気の弱い、恩にほだされる、意気地なしにすぎなかった。直接心から出るいかなる衝動にも支えられていなかった。だからものを言うにもしどろもどろで、会話を打切ろうとばかりしていた。そこで会話が長引くと、つい何か乱暴な言葉でとどめをさすので、ひとには私が喧嘩《けんか》を売ろうとしているかのようにとられた。実際のところ、彼らにいちいち返事するくらいなら、殴《なぐ》り合いでもする方がまだしもましだったであろう。

エレノールは間もなく、世評が自分に不利になっているのに気がついた。P＊＊＊伯爵の親戚《しんせき》で、伯爵の権力に押されてやむなく彼女と交際していた二人の婦人が、彼らの別居を一番騒ぎたてた。長い間抑えていた意地悪を、道徳の厳しい法則という美名にかくれて、思う存分に発揮することができるようになって、嬉しくてたまらないのだった。男たちはこれまでと変らずエレノールを訪ねてきた。だが、彼らの調子にはどことなく馴《な》れ馴れしさが見えてきた。それは、彼女がもはやしっかりした後ろ楯《だて》もなく、ほとんど正式といっていい結婚で護られてもいないことを示すものだった。ある者は、自分が来るのは前々から彼女を知っていたからだと言った。またある者は、彼女がまだ美しくて、更に今度の浮気で、自分たちにも望みがあるという自惚《うぬぼれ》が再び持てるようになったので、やって来るのだった。そして彼らはその自惚を決して彼女に隠そうとはしなかった。各人それぞれ彼女との交際に理屈をつけていた。つまり、この交際には口実が必要であると考えていたのである。こうして、気の毒にもエレノールは、生涯かけてそこから抜け出ようと努めていた境遇に、永久に堕《お》ちて行ったのである。すべてが彼女の心を痛ませ、誇りを傷つける種となった。彼女は、ある人たちの足が遠のくのを見ては、軽蔑《けいべつ》の証拠だと思い、他の人たちが足しげくやってくるのを見ては、無礼なある期待を持っているからだと思った。一人でいては苦しみ、人の中にあっては恥ずかしい思いをするのだった。ああ！　もちろん私は彼女を慰むべきであったろう。彼女をこの胸にしっかと抱いて、こう言うべきであったろう。「私たちはお互いのために生きて行きましょう。私たちを誤解している人たちのことなど忘れてしまいましょう。ただ、二人だけの尊敬と愛とで幸福になりましょう」と。私はそれもやってみた。だが、消えうせた感情を掻《か》きたてようとしても、義務から出た決心に何ができるであろう。

エレノールも私も、互いに気持を隠し合っていた。彼女は犠牲の結果である苦痛を打明けるわけにはいかなかった。その犠牲は私が要求したものではないことをよく知っていたのだった。私はこの犠牲を受入れてしまっていた。だから、あらかじめ見越していながら、しかもそれを防ぎ止めるだけの力がなかった不幸を、いまさらかこつわけにはいかなかった。そこで、絶えず気にかかっているただ一つの考えについては、二人とも口を噤《つぐ》んでいた。私たちはむやみやたらに愛《あい》撫《ぶ》し合い、愛を語り合った。だが、ほかの話をするのが怖くて愛を語り合ったのである。

愛し合っている二つの心の間に一つの秘密でもできると、また、一方がたとい一つの考えでも相手に隠す気になると、魅力はたちまちにして消え、幸福は破壊されてしまう。激怒も、不当な仕打も、あるいは浮気でさえも、元通りに繕《つくろ》える。だが、隠しだてだけは、愛の中に一つの異質の要素を投げ入れ、この要素は愛を、愛自身の見ている前で、変質させ、色褪《あ》せたものにする。

エレノールに対するほんのちょっとした諷刺《ふうし》にも、私はいきりたってこれを斥《しりぞ》けていたくせに、妙な矛盾もあるもので、普通一般の話では、そうした私自身が彼女を貶《おと》しめる結果になっていた。私は彼女の意志通りになってはいたが、女の権柄ずくなのは大嫌いだった。私は絶えず、彼女たちの弱点や、気むずかしさや、自分の苦痛を他人に押しつける横暴に対して非を鳴らしていた。私は最も冷酷な信条を掲げていた。一滴の涙にも逆らいきれず、無言の悲しみを見れば脆《もろ》くも譲り、また女と離れていては自分の引きおこした苦痛の幻影に追われるこの同じ男が、口を開けば、女を見下した無慈悲な男となるのだった。どんなにエレノールを口ずから讃《ほ》めたところで、こうした言葉で作られた印象は崩れるものではなかった。人々は私を憎んで、彼女を気の毒がった。だが尊敬はしなかった。女性に対するもっと多くの尊重と、また心の問題に対するもっと多くの尊敬をその愛人に持たせることができなかったのは、いつに彼女の責任であると非難していた。

いつもエレノールの所に来ていたある男が、彼女がP＊＊＊伯爵と別れてからというものはすっかり夢中になり、あまりにも無遠慮にしつこく付纏うので、彼女はやむを得ず出入りを差止めた。ところが、彼女に対して侮辱的な嘲弄《ちょうろう》を敢《あ》えてしたので、私は黙っていられない気がした。私たちは決闘した。私は彼に重傷を負わせた。私自身も負傷した。この事件のあとで私に会ったときの、エレノールの顔に現われた、不安、恐怖、感謝、愛の交錯は、何とも描きようのないものだった。辞退しても、彼女は私の家に寝泊りした。回復期になるまでは、片時もそばを離れなかった。昼は本を読んでくれ、夜はほとんど眠らずに看病してくれた。私のちょっとした身動きにも注意し、してほしいと思うことにはいちいち先回りしてくれた。行届いた親切心は、彼女の働きを倍加し、力を二倍にした。彼女は絶えず、私を一人死なせはしないと誓った。情けはしみじみ身にしみ、済まない思いに胸は裂かれた。こんなにも変らぬ優しい愛情に報いるだけのものが自分にあったらと思った。思い出に、想像力に、更には理性にも、また義務感にも助けを求めた。だがそれは空《むな》しい努力だった！　ままにならぬ境遇、いずれは二人の仲を裂くに決っている未来、おそらくはまた、どうにも断ちがたい絆に対する何かしら反抗心、そういったものが心のうちで私を蝕《むしば》んでいた。努めて彼女に見せまいとしている忘恩を、私はわが心に責めた。彼女にとってあれほどまでに必要な愛情を、彼女が疑っているように見えるときには、私は悲しかった。また彼女がそれを信じているらしいときにも、悲しかった。私は彼女が自分よりも優《すぐ》れているように感じていた。彼女にふさわしからぬ自分を私は蔑《さげす》んだ。愛していて愛されないのは恐ろしい不幸である。だが、もはや愛していないときに情熱的に愛されるのは、更に大きな不幸である。エレノールのために危険に曝《さら》したばかりのこの生命は、彼女が私なしで幸福になれるものならば、私は幾度でも差出したであろう。

父の許してくれた六ヵ月の期限は切れた。出発を考えねばならなかった。エレノールは私の出発に反対しなかった。それを延期させようともしなかった。だが、二カ月たったら私が彼女のそばに帰ってくるか、さもなければ、彼女が私のあとを追って来てもいい、と約束させた。私は厳《おごそ》かにそれを誓った。彼女が自分自身と闘い、その苦痛をじっと抑えているのを見ては、どんな約束でもせずにはいられなかったであろう。私に行ってはならないと要求することもできたのだ。涙を見せられては私も従わぬわけにはいくまいということを、私は心の奥底で知っていた。私は彼女がその力を行使しないのを感謝した。このことによっていっそう、彼女がいとしくなったように思われた。それに私自身も、ひたすらに私に身を捧げきった一人の人間と別れるのだから、強い哀惜の念を覚えずにはいられなかった。関係も長くなると、こんなにも深い何かしらができるものか！　こうした関係は、知らず知らずの間に自分たちの存在の実に密接な一部分となるのだ！　われわれは、遠い先のことだと、平静な気持でそれらを断ち切る決意をする。それを実行する時期をいかにも苛々《いらいら》した気持で待っているように思いこむ。だが、いざとなると、たちまち恐怖の念に満たされてしまうのだ。われわれの憐《あわ》れな心はこんなにも奇妙なものだから、何の悦《よろこ》びもなく一緒に住んでいる人々と別れるにも、身を引裂かれるような怖《おそ》ろしい気持になるのだ。

別れている間、私は規則正しくエレノールに手紙を書いた。一方には、私の手紙で彼女が苦しみはしないだろうかという怖れがあり、一方にはまた、実際に感じている気持しか書きたくないという欲望があった。できることなら、私は彼女に、嘆き悲しむことなしに、私の気持を察してもらいたかった。恋という字の代りに、愛情とか、友情とか、献身とかいう字を使うことができたときには嬉しかった。だがいきなり、慰めてくれるものとしては私の手紙しかない哀れなエレノールの、物悲しい独りぼっちの姿が目に浮んできた。そこで大急ぎで、冷たくて形式ばった二ページのあとに、あらためてまた彼女をだますことになる、熱烈な文句や優しい文句をつけ加えた。こうして、彼女を満足させるに足ることは決して言わないで、いつも彼女を欺くようなことを言っていたのだ。何という不思議な嘘であろう。その成功は、かえって私には不都合な結果となり、私の苦悩を長引かせ、私にとって堪えがたいものとなったのだ！

　私は落ちつかぬ気持で、流れゆく日々と時間を数えていた。私は時の歩みの緩《ゆる》まるのを祈っていた。約束を果さねばならぬ時期が迫ってくるのをみて、身顫《ぶる》いしていた。出発の手段はどうしても考えつかなかった。エレノールを私と同じ町に住まわせる手段も見つからなかった。おそらく、そうだ、正直に言わねばならないからはっきり言うが、おそらく私はそれを欲していなかったのだ。私は束縛のない静かな今の生活を、彼女の情熱のために強《し》いられた、あの気ぜわしくて落ちつきのない、苦しみの生活に較べてみた。今は自由で、誰からも気を配られずに、行ったり来たり、出たり帰ったりできて、実に気楽だった！　いわば、誰からもかまわれないことによって、彼女の愛に疲れた身を休ませていたのだ。

　とはいうものの、エレノールに、できることならわれわれの計画はよしたいと仄《ほの》めかすことはしかねていた。彼女は私の手紙で、私が父のもとを去るのはむずかしいだろうということをよく承知していた。そこで、自分の方で出発の用意をはじめたと言ってよこした。私は長い間この決心には反対しないでいた。この問題に関しては、何一つはっきりした返事は書かずにいた。ただ漠然と、いよいよというときにはいつなりと知らして下さいと言ってやった。そしてそのあとに、自分はいつでもあなたを幸福にしたいと望んでいるとつけ加えた。何という忌わしい曖昧《あいまい》さであろう。何というしどろもどろな言葉であろう！　こんなにもぼんやりした言葉を見て、私は胸の痛む思いをしながらも、一方、それをいっそうはっきりさせることは怖いのだ！　ついに、率直にぶちまけようと決心した。そうしなくてはならないと自分に言いきかせた。自分の弱気に対して、良心を奮いたたせた。彼女の苦しむ姿が目に浮んだが、これも彼女に安らぎを与えるためだと考えて、自分を力づけた。彼女に言ってやろうと思っていることを声高《こわだか》に諳《そら》んじながら、部屋の中を大股《おおまた》に歩き回った。だが、五、六行書くや、私の気持は変った。そこに書かれた言葉を、もはや、それが当然持っている意味では見ずに、それがもたらすにちがいない結果で見た。そして私の抑えられた手は、まるで否応なしのように、超自然的な力に操《あやつ》られて、ただ数ヵ月の延期をすすめただけだった。私は心に思ったままを言わなかった。私の手紙には全然誠実なところはなかった。述べたてた理由は力弱いものだった。なぜと言って、それは本当のものではなかったから。

エレノールの返事は激しい調子のものだった。私が会いたがらないのを怒っていた。いったい彼女は私に何を要求したというのだろう？　ただ、人に知られず、私のそばで暮したいというだけではないか。誰一人彼女を知っている者のない大都会の真ん中の、ひそやかな隠家《かくれが》に住んでいることを、どうして私は怖れることがあろう？　彼女は私のために、財産、子供、評判、すべてを犠牲にしたのだ。そしてこれらの犠牲の代償として要求したものは、ただ、卑しい奴隷《どれい》のように私を待ち、毎日数分間を私と一緒に過し、私が与えうる僅かな瞬間を楽しむことでしかないのだ。彼女は二ヵ月の別れを観念したけれども、それは彼女にとって必要であるように思われたからではなく、私がそれを望んでいるように見えたからだ。そして、辛い目を忍んで、日に日を重ね、やっと私自身が決めた期限になったときに、私はもう一度あの長い苦しみをやり直せと言ったのだ！　なるほど彼女は見当違いをしたのかもわからない。冷酷無情な男に一生を捧げてしまったのかもわからない。もちろん私は何をしようと勝手だ。だが、何もかも犠牲にして尽してやった男に棄てられた彼女を苦しめていい、という自由はなかった。

エレノールはこの手紙のあとを追うようにしてやってきた。そしてその到着を知らせてよこした。私は非常に喜んでいるところを見せてやろうと固く決心して、彼女のもとを訪れた。早く彼女を安心させ、せめて一刻なりとも、幸福か平静を得させてやりたかった。だが、彼女は機嫌を害《そこ》ねていた。疑わしそうに私をじろじろ見ていた。そして間もなく、私の努力しているのを見抜いた。彼女は非難で私の誇りを傷つけた。彼女は私の性格を譏《そし》った。自分の欠点をあまりにも惨《みじ》めに言われて、私は自分よりも彼女に対して腹がたった。気ちがいじみた怒りが二人を捉《とら》えた。遠慮もなくなり、慎みも忘れられた。まるで激しい怒りによって互いにぶっつけ合されているようだった。どうにも和らげようのない憎悪《ぞうお》が考え出したあらゆることを、私たちは互いに言い合った。こうして、この二人の不幸な人間は、この地上で知り合っているただ二人であり、認め合い、理解し合い、慰め合えるただ二人であるというのに、今は、激昂《げっこう》して互いに肉を裂き合おうとしている不具《ふぐ》戴天《たいてん》の敵《かたき》同士のようだった。

三時間の諍《いさか》いののちに、私たちは別れた。しかもはじめて、言いわけもせず、仲直りもせずに別れたのだ。エレノールのもとを去るやいなや、怒りは底知れぬ苦悩に変った。今しがたの出来事に茫然として、何だか頭が麻痺《まひ》したような感じだった。自分の言ったことを繰返してみて、いまさらながら驚《あき》き呆れた。どうしてあんなことをしたのか、訳がわからなかった。どうしてあんなに血迷ったものかと、われとわが心にきいてみた。

もう夜も大分ふけていた。エレノールの所には帰れなかった。翌朝早く会いに行こうと決心して、父のもとに帰った。大勢の来客があった。多人数の中では、一人皆から離れて、たやすく心の乱れを隠しおおすことができた。二人っきりになったとき、父が言った。「P＊＊伯爵の昔の女がこの町にいるという話だね。わしはこれまでお前にしたい放題のことをさせておいたし、お前たちの関係を別に知りたいとも思ったことはない。だが、お前の年頃で、公然と女を持つというのは、どうも似つかわしくないことだ。言っておくが、女はこの町から去るように処置しておいたからね」そう言うなり、父は私を離れた。私は部屋まで追って行った。父は引下がれといった身振りをした。「お父さん」と私は言った。「誓って申しますが、私がエレノールを呼寄せたのではありません。私はあの女《ひと》が幸福であることを願っているのです。この願いさえかなったら、二度と会わなくてかまいません。ですが、何をなさろうとしているのか用心して下さい。私をあの女《ひと》から引離すつもりで、かえって永久に結びつけてしまうことになるかもわからないのですよ」

私は早速、旅行について来てエレノールとの関係をよく知っている召使を呼び寄せた。父の言った処置とはどんなことなのか、できることなら即刻調べてきてほしいと命じた。彼は二時間ほどして帰ってきた。父の秘書が、絶対秘密を条件に打明けたところによると、エレノールは翌日立退き命令を受けるはずだというのだった。「エレノールが追い払われるなんて！」と私は叫んだ。「恥をかかされて追い払われるのか！　ただ私のためにここに来た彼女が！　私のために胸を引裂かれた彼女が！　涙を流すのを私が無慈悲に見ていた彼女が！　では、いったいどこでその頭を休ませればいいのだ？　私のために世間の尊敬も奪われて、ただ一人この世をさまよっている彼女は？　いったい誰に、彼女はその苦しみを訴えればいいのだ？」私の決心は立ちどころに決った。私は召使を買収した。金もふんだんに与え、さきざきの約束もしてやった。駅馬車を朝六時に町の入口によこすように命じた。私はエレノールと永遠に結合するための計画をあれこれとたててみた。今までにないほどに彼女がいとしいものに思われてきた。私の心はすっかりエレノールの上に帰っていた。私は彼女を庇《かば》うことに誇りを感じていた。彼女を両腕に抱きしめたくてたまらなかった。愛情がそっくり魂の中に戻っていた。頭も、胸も、感覚も熱を帯びて、身体《からだ》じゅうが掻き乱されていた。もし、この瞬間に、エレノールが私の手から遁《のが》れようとでもしたら、彼女を引止めるために、彼女の足もとで死んだでもあろう。

朝となった。私はエレノールのもとに駆けつけた。彼女は臥《ふ》せっていた。一夜を泣き明したのだった。目はまだ涙に濡れていた。そして髪の毛は乱れていた。私のはいって来るのをみて、彼女は驚いた。「さあ」と私は声をかけた、「一緒にたちましょう」彼女は何か言おうとした。「たちましょう」と私は再び言った。「この世に私以外の保護者があるでしょうか？　友達があるでしょうか？　私の腕こそ、あなたのただ一つの隠れ場ではないでしょうか？」彼女は逆らった。「これには深いわけがあるのです」と私はおっかぶせて言った。「一身上のね。お願いですから一緒に来て下さい」私は彼女を引っぱって行った。道々、愛撫を浴びせ、胸にしっかと抱きしめ、何をきかれてもただ接吻で答えた。だが、ついに彼女に打明けた。父に私たち二人の仲を裂く意志のあるのに気がつくと、彼女なしではとうてい幸福にはなれないと感じたこと、そして彼女のために一生を捧げて、あらゆる種類の絆《きずな》で二人を結びつけたいと思っていることを。彼女は初めのうちは非常に感謝していた。だが間もなく、私の話の中に矛盾を見てとった。そこで執拗《しつよう》に責めたてて、私の口から真実を引出した。彼女の悦びは消え、顔は暗い影に閉ざされた。「アドルフ」と彼女は私に言った。「あなたは御自分の気持を勘違いしてらっしゃるのだわ。あなたが親切にわたしに尽して下さるのは、わたしがいじめられているからですわ。あなたは愛情を持っているように思いこんでいらっしゃるが、本当はお情けなのよ」どうして彼女はこんな不吉な言葉を口にしたのだろう？　どうして、私が知らずにおきたかった秘密をあかしてしまったのだろう？　私は彼女を安心させようと努力した。どうやらそれをしおおせた。だが、真実は私の魂をよぎってしまったのだ。そこで心の感動はぶちこわされてしまった。私は自分を犠牲にしようと思い定めていた。だがもはやそれによって幸福は感じられなかった。そしてすでに、私の心の中には、またしても隠さねばならぬ一つの考えができていた。

Ⅵ

国境に着くと、私は父に手紙を書いた。言葉は丁寧ではあったが、底にはとげとげしさがあった。二人の仲を裂くつもりで、かえってそれを堅く結びつけてしまったことについて、私は父を怨めしく思っていた。エレノールが落ちつくところに落ちついて、私がもういなくてもいいようになるまでは別れない、と言ってやった。彼女をあまりいじめて、私がいやでも彼女のそばにいつまでもいなければならぬような羽目にしてくれるなと嘆願した。私は返事を待って、二人の身のふり方を決めることにした。次のような返事が来た。「お前は二十四だ。いまさらお前に権力を振回そうとは思わない。今までだって一度もそんなことはなかったが。むしろ、今度の奇怪な行動はできるだけ隠してやろう。わしの言いつけで、わしの用事のために出かけたのだと言いふらしておこう。生活費も十分に送ってやろう。そのうちには、お前の生活は自分に適したものでないことが自分でわかってくるだろう。お前の家柄、才能、財産は、祖国も持たず素性もわからぬ女の道連れなどとはもっと違った地位を、この世でお前にあてがっていたのだ。お前の手紙はすでに、自分に満足していないことを示している。恥じ入るような生活を長引かしたところで、何のうるところもないことをよく考えてみるがいい。お前は青春の一番美しいときを無益に浪費しているのだ。そしてこの損失は終生取返しのつかないものだ」

　父の手紙を読んで、鋭い短刀で続けざまに胸を突き刺される思いがした。父の言っていることは、自分でも幾度か自分に言ったことなのだ。埋もれてなすこともなく流れ去る自分の生活を、私は幾度か恥ずかしく思っていたのだ。いっそ非難されたり、威嚇《いかく》されたりした方がよかった。そうなったら、反抗することに何か誇りを感じたであろうし、エレノールを襲いかかる危険から守るために全力を集中する必要を感じたであろう。だが何一つ危険はなかった。私は完全に自由を許された。ところでこの自由は、いかにも好きで選んだかのように見える軛《くびき》を、更にいっそう苛々した気持で堪え忍ばねばならぬ羽目に私を陥《おとしい》れただけだった。

私たちはボヘミアの小都会カーデンに落ちついた。エレノールの運命をわが身に引受けたからには、彼女を苦しめてはならないと心に繰返した。私はどうやら自分を抑えることができた。不満は胸に畳みこんで、いささかも素振りに出さなかった。そして精根の限りを尽して、わざと快活をつくりだし、それで底知れぬ悲しみを蔽《おお》い隠した。この努力は私自身に思いがけない結果をもたらした。われわれ人間というものは実に気持の変り易いもので、装っている感情をついには本当に感じてしまう。私は悲しみを隠していたが、幾分かそれを忘れてしまった。冗談ばかり言っているうちに、憂鬱が吹き飛んだ。そしてエレノールに愛情を誓っているうちに、ほとんど恋情に似た甘い感動が胸に満ちてきた。

　ときには執念深い思い出に悩まされることもあった。一人でいると、不安の発作に襲われた。自分にふさわしからぬこの世界からいきなり飛び出すために、突拍子もない計画をいろいろたててもみた。だが、こうした考えは悪夢として斥《しりぞ》けた。エレノールは幸福そうだった。どうして彼女の幸福を乱すことができよう？　五ヵ月近くはこうして過ぎ去った。

　ある日、エレノールがそわそわして、何か気になっていることを私に言うまいと努力しているのに気がついた。私に根気強くせがまれて、自分のした決心に反対しないという約束を私にさせた上で、伯爵から手紙の来たことを告白した。彼は訴訟に勝ったのだった。彼は、彼女がいろいろ尽してくれたことや、十年間の関係を、感謝の念をもって思い出した。そこで財産の半分を彼女に提供しようと申出た。それは再び彼女と一緒になるためではなく――そんなことはいまさらどうにもできないことだった――せめて、二人の間を裂いた恩知らずの裏切者と別れることを条件に、というのだった。「わたし返事を出しましたわ」と彼女は言った。「断わったってことはわかって下さるでしょうね」私にはわかりすぎるほどわかっていた。私は心を打たれた。だが同時に、エレノールがまたしても私のために犠牲を重ねたことに絶望を覚えた。とはいっても、思いきって彼女に反対を唱えることはできなかった。こうした場合の試みはいつでも全然効果はなかったのだ！　私はどう決心したものかをよく考えてみようと、その場を外《はず》した。二人の関係が当然切れるものであることは明らかだった。この関係は私には苦痛だったし、彼女にとっては有害なものになっていた。彼女が適当な地位と尊敬を取戻す――世間の尊敬など金持になれば遅かれ早かれ後《あと》からついてくるものである――には、私一人が障害だった。私が彼女とその子供たちの間を隔てるただ一つの柵《さく》だった。これは自分自身の目から見ても弁解の余地はなかった。今の場合、彼女に譲歩するのは、もはや親切ではなくて、罪深い弱気だった。私は父に、自分がもうエレノールに必要でなくなったら早速自由な身に返ってみせると約束していた。今こそ、何かの職業について、活動的な生活をはじめ、ひとに尊敬されるような肩書ももらい、自分の才能を立派に用いるときが来たのだ。私はエレノールのもとに引返した。どんなことがあっても、P＊＊＊伯爵の申出を拒絶させせまいという決心はぐらつかないものと信じ、場合によっては、もはや愛情は持っていないとはっきり言いきるつもりだった。「ねえ」と私は口を切った。「人間はしばらくは自分の運命と闘いますが、結局はいつも負けてしまいます。社会の掟《おきて》の方が人間の意志よりも強いのです。どんなに高飛車な感情も、宿命的な周囲の事情には挫《くじ》けてしまうのです。どんなに意地を張って、自分の心にだけ相談しても無駄です。遅かれ早かれ、道理に耳を傾けねばならないのです。私はこれ以上、あなたにとっても私自身にとってもふさわしくない状態に、あなたを引止めておくことはできません。それは、あなたのためにも、私自身のためにも、できないことなのです」エレノールの顔を見ないで、こんなふうに話しているうちに、だんだん考えがぼやけ、決心も鈍ってくるのを感じた。私は力を取戻そうとし、せきこんだ声で続けた。「私はいつでもあなたの友達です。いつでもあなたにこの上もない深い愛情を抱いているでしょう。こうした二年間の関係は私の記憶から消え去ることはないでしょう。それは永久に、私の一生の最も美しい時期です。しかし、恋の気持、あの官能の興奮や、無我夢中の陶酔、一切の利害と義務の忘却といった気持は、エレノール、私にはもうないのです」目を伏せたまま、私は長い間返事を待った。やっと彼女を見ると、彼女は身じろぎもせずにいた。あたりのものを見回していたが、何一つ見分けがつかぬといったふうだった。私は彼女の手をとった。それは冷たかった。彼女は私を押しのけた。「どうしようとなさるの？」と彼女は言った。「わたしは一人ぼっち、この世の中でたった一人ぼっち、気持をわかってくれる人もない一人ぼっちのはずじゃなくって？　この上まだ何かおっしゃることがあるの？　みんなおっしゃったじゃありませんか？　すべてはおしまいになったんじゃないの、永久にね？　そっとしといて頂戴、帰って頂戴、それがあなたのお望みじゃなくって？」彼女は行きかけて、よろめいた。私は支えようとした。彼女は気を失って、私の足もとに倒れた。私は抱き起し、接吻し、意識を呼び戻した。「エレノール」と私は叫んだ。「さあ、気をたしかに持って！　さあ、私の胸に帰って！　私は愛情をもって愛してるんです。本当の心からの愛情で愛してるんです。さっきは嘘をついたんです。あなたがもっと自由に選択できるようにね」軽々しくものを信ずる心よ、お前はまったく不可解だ！　これまでの言葉に照らして、本当とも思われないようなこうした簡単な言葉が、エレノールに生命と信頼を回復させたのだ。彼女は幾度もその言葉を私に繰返させた。まるでその言葉を貪《むさぼ》るように吸いこんでいるといったふうだった。彼女は私を信じた。彼女は自分の愛情に酔い痴《し》れて、それを二人の愛情のように思いこんでいた。彼女はP＊＊＊伯爵への返事をはっきり決めてしまった。こうして私は、いままでよりも更に深間にのめりこんでしまった。

三ヵ月して、エレノールの境遇にまた一つ変化をもたらしそうなことが持ちあがった。党派争いで動揺定めない共和国においては、運命の浮沈はいつもあることで、彼女の父もポーランドに呼び戻され、失った財産を回復したのだった。三つのときに母親がフランスに連れて行ったので、娘のことはほとんど知らなかったが、自分の手もとに引寄せたいと思った。エレノールの浮いた噂《うわさ》は、追放中ずっと住んでいたロシアでは、風の便りにしか耳にはいらなかった。エレノールは彼の一人娘だった。彼は一人ぼっちの生活を怖れて、そばで面倒を見てもらいたかった。そこで専《もっぱ》ら娘の住所を捜しにかかったが、それがわかるや早速、一緒に住んでくれるようにと矢の催促をした。彼女にしてみれば、会った記憶もない父親に対して本当の愛着があるはずはなかった。とはいうものの、言いつけに従うのが義務だとは感じていた。そうすれば、子供には莫大な財産を保証できるし、自分自身も、かずかずの不幸や身持によって奪われた地位を取戻せるというものだった。しかし、私も一緒でなければポーランドには行かない、とはっきり言い切った。「わたしはもう、心が新しい印象を受入れることができるような年じゃありませんわ」と彼女は言った。「父は私にとっては他人です。わたしがここにいても、誰かが熱心に世話をみてくれますわ。父はそれで結構仕合せなんです。子供たちはP＊＊＊の財産を相続するでしょう。わたしは、世間の人から非難されるのは承知の上です。恩知らずの娘だとか、情知らずの母親だとか言われるでしょう。でも、これまでに苦しみすぎるほど苦しんできたわ。また、世間の噂が身にこたえるほど若くもないわ。わたしの決心に何か片意地なところがあるとすれば、それは、アドルフ、あなたのせいよ。あなたについて夢が描けるのだったら、おそらく、しばらくの別れに同意するかもわからないわ。さきざき一緒に楽しく長く暮せると思えば、その苦しみも薄らぐでしょうからね。でも、あなたは、わたしが二百里も隔たった所で、家庭と裕福の中で満足して心静かに暮しているってことが想像できれば、それでいいんですわね。そこで分別くさい手紙を下さるでしょう。今から目に見えるようだわ。その手紙はわたしの心を引裂くでしょう。そんな目にあいたくないわ。一生を犠牲にしても、やっとこれでわたしが受けるにふさわしい感情をあなたに呼びおこすことができた、と考えられるのでしたらね。でもそんな慰めも持てないんだわ。だけど、結局あなたはこの犠牲を受取ったのよ。わたしはもう十分に、あなたの情《つれ》ない仕打と私たちの冷たい関係に苦しんできたわ。あなたから与えられるそうした苦しみを堪え忍んできたわ。このうえ進んで苦しみなんか求めたくないわ」

エレノールの声と調子には、何かとげとげしく激しいところがあって、深刻な感動とか悲痛な感動よりも、むしろ固い決意が見えていた。しばらく前からのことだが、私に何かを要求するときには、まるで私がすでに拒絶しているかのように、事前に苛立っていた。彼女は私の行動を勝手に決めていた。だが私の判断がその行動を否認していることはちゃんと知っていたのである。彼女はなろうことなら私の心の殿堂に奥深く忍びこんで、そこにある、彼女をいつも怒らせる暗裡《り》の反対を打破りたかったであろう。私は、自分の立場、父の願い、また私自身の望みを語った。私は哀願し、躍起となった。エレノールの心はびくとも動かなかった。私は彼女の寛大な気持を目覚めさせたいと思った。恋情こそはあらゆる感情の中で最も利己的なものであり、従って、傷つけられた場合には最も情容赦のないものになるというのに。私は彼女のそばにいることによって感ずる不幸に、彼女の憐憫《れんびん》の情を引こうと試みたが、思えばそれは奇妙な努力だった。それも彼女を怒らせたにすぎなかった。私はポーランドに会いに行く約束をした。だが彼女は、本当の心から出たのではない他人行儀な私の約束の中に、一刻も早く自分から離れたいという焦慮しか見なかった。

カーデン滞在の最初の年は終ったけれども、私たちの境遇にはなんの変化もなかった。エレノールは、私が暗い顔をしたり、しょげたりしているのを見ると、最初は心を痛めたけれども、次には怒りだした。そして何かと非難するので、つい私も、隠しておきたいと思っていた倦怠《けんたい》の気持を口に出してしまった。私は私で、彼女が満足そうにしていると、私の幸福を犠牲にして得た境遇を彼女が享楽しているのが癪《しゃく》に障《さわ》った。そして心のうちを知らせるようなあてこすりを言っては、この束《つか》の間の悦びを邪魔した。こうして私たちは、代る代る遠回しの文句で攻撃し合った。それから今度は、一般的な抗議や漠然とした弁解になり、次には再び黙りこんでしまうのだった。というのは、次に言うことはお互いによく知っていたので、それを聞くまいとして黙るのだった。ときには、どちらかが譲りかけるのだが、歩み寄るきっかけを取逃した。私たちの疑い深い傷ついた心は、もはや相合うことはなかった。

なぜ自分はいつまでもこうした辛い状態にとどまっているのだろうと、私はしばしば自問した。そしては自分に答えた。もし自分がエレノールから離れたら、彼女は私のあとを追って来るであろう、そして更に新しい犠牲を彼女に払わせることになるだろうと。ついに私はこう考えた。もう一度だけ彼女を満足させてやらねばなるまい、そうすれば、彼女を再びその家庭の懐《ふところ》に戻してやっても、もう何も要求はできないであろう、と。そこで彼女と一緒にポーランドへ行くことを申出ようとしていた。ちょうどそのとき、彼女は父親が急死した知らせを受取った。父親は彼女をただ一人の相続人と指定していた。彼の遺言状はその後に書かれた幾通かの手紙と抵触していたので、遠縁の者たちはそれらの手紙に物を言わせようとおどしにかかった。エレノールは、父との交渉はほとんどなかったのに、この死によって痛々しいまでに打撃を受けた。父を顧みなかったことで自分を責めた。やがて自分の落度を私のせいにして責めたてた。「あなたのおかげで神聖な義務が果せなかったのよ」と彼女は言った。「今は、問題はわたしの財産のことだけよ。これならなおのこと簡単に、あなたのために犠牲にできますわ。でも、敵ばかりいるような国に一人じゃ行けないわ」私は答えた。「私はどんな義務だってあなたに怠らせようと考えたことはありませんよ。白状しますが、私だって、自分の義務を怠るのは辛いってことを考えて頂きたかったのです。でも、あなたにそれを認めて頂くことができませんでした。ともかく承知しました、エレノール。何はさておいてもあなたの利害が第一です。御都合のいいとき一緒に出かけましょう」

この言葉通り、私たちは出発した。旅路の気の紛れ、目につくものの珍しさ、お互いが自分を抑えようとした努力などが、とき折は、私たちの間に、いくらか昔の睦《むつま》じさの縒《より》を戻してくれた。お互いの間の長い習慣、ともに辿《たど》ってきたさまざまな境遇は、一つ一つの言葉に、またほとんど一つ一つの身振りにも、いろんな思い出を結びつけていた。この思い出は突然私たちを過去に帰らせ、私たちの心を思わぬ感動で満たした。それはちょうど、稲妻が、闇を散らすことなく、闇の中できらりと閃《ひらめ》くようなものだった。いわば私たちは、心の記憶とでもいうべきもので生きていたのである。この記憶は、別れを思うことは悩ましいほどには強かったが、一緒になって幸福を見いだすというのにはあまりにも弱かった。日頃の窮屈な気持から自分を休めようとして、私はこうした感動に身を委《ゆだ》ねていた。できることなら、彼女を満足させるような愛情のしるしを見せてやりたかった。そこでときとして、昔のように愛の言葉を囁《ささや》いた。だが、これらの感動もこの言葉も、たとえてみれば、根を断たれた木の枝に、僅かばかりの残りの生気で力なく生える、あの蒼白《あおじろ》く色褪《あ》せた葉のようなものであった。

VII

エレノールは到着するや早速、訴訟の判決があるまでは自由に処分しないという約束の下に、係争中の財産の享有権を回復することができた。彼女は父親の所有地の一つに落ちついた。私の父は、これまでにも手紙の中では決して私に対していかなる問題にも直接触れることはなかったが、今度も、私のこの旅行に対する諷刺《ふうし》を並べたてるだけで満足した。「お前は出発しないと言ってよこした。出発しないあらゆる理由をながながと述べたてた。それだけにかえって、わしはお前が出発するだろうと確信していた。独立不羈《ふき》の精神を持ちながら、いつも心にもないことをしているお前は、憐《あわ》れむのほかはない。それに、わしは自分によくわからぬ境遇をとやかく批判するのではない。これまでは、わしの目には、お前はエレノールの保護者として映っていた。その意味においては、執心《しゅうしん》の相手が誰であろうと、とにかくお前のやり方には、お前の性格を向上させる何かしら高尚なものがあった。ところが今日では、お前たちの関係はもはや全然違う。もは

や お前が女を保護しているのではなくて、女の方がお前を保護しているのだ。お前は女の家に寄宿している。お前は女によってその家庭に引入れられた他人だ。お前の選んだ立場についてはわしは何も言うまい。だが、それにしてもいろいろ不便なこともあろうから、できるだけは、そういうことを少なくしてやりたい。お前のいる国にわが国の公使として滞在しているT＊＊＊男爵に、お前のことを頼む手紙を書いた。お前がこの紹介状を利用する気になるかどうかはわしは知らぬ。だがせめて、わしの誠意のしるしだけは見てもらいたい。そしてお前がこれまでいつも父親に対して見事に防ぎおおせてきた独立を、わしが傷つけようとしているのだなどとは決して思わないでくれ」

この手紙の調子で胸に浮んでくるかずかずの反省を、私はじっと抑えつけた。私がエレノールと一緒に住んでいる場所は、ワルソーからほど遠からぬ所だった。そこでワルソーに出かけて、T＊＊＊男爵を訪れた。彼は親切に迎えてくれて、ポーランド滞在の理由を尋ね、私の計画についていろいろ質問した。私は何と答えたらいいかわからなかった。数分間の気まずい会話のあとで彼は言った。「率直に申しあげましょう。実は私は、あなたがなぜこの国にいらしたか、その動機をよく承知しているのです。父上が知らしてよこされたのです。それは私にもよくわかると申しあげてもよろしいでしょう。男たるもの、一生に一度は、自分にふさわしからぬ関係は切りたいが、さりとて愛していた女を苦しめるのは怖《こわ》い、という板挟《いたばさ》みを経験することのあるものです。若い人は経験がないので、とかくこうした場合の困難さをひどく誇張して考えます。激し易い女性が力や理屈の代りに使うあの苦しみの示威運動を、人々はどうかすると本当のものと信じたがるのです。心はそれに苦しみながら、自尊心はそれを悦ぶのです。そして、自分が引起した絶望に身を捧《ささ》げているのだ思いこんでいる男も、実は、自分自身の虚栄心の錯覚にわが身を犠牲にしているにすぎないのです。世間にざらにいる情熱的な女で、棄てられたら死んでみせると言わなかった者は一人もありますまい。そのくせ、みな結構生き永らえて、けろりとしているのですからね」私は相手を遮《さえぎ》ろうとした。「いやこれはどうも、遠慮のない口のきき方をしましたらお許し下さい」と彼は続けた。「しかし、あなたの立派な評判、有望な才能、いずれはつかれる職業など、あれこれ考えると、何もかも包み隠しなく申さずにはいられないのです。私にはあなたの心の中が読めます。何とあなたは言われようと、あなた自身よりはっきりね。あなたはもはや、あなたを抑え、あなたを引きずっているあの女を愛してはいらっしゃらないのです。もしもまだ愛してらっしゃるのなら、私の所へなどはいらっしゃらなかったでしょうからね。あなたは父上が私に手紙を下さったことを御承知でした。私が何を申しあげるかも、あらかじめ容易にお察しだったのです。だから、絶えず自分自身に繰返しながら、しかもいつも何の甲斐《かい》もなかった理屈を私の口からお聞きになって、あなたはお怒りにならなかったのです。エレノールの評判は無疵《むきず》どころではありません……」「お願いです、無駄な話はよしましょう」と私は答えた。「いろんな不幸な境遇がエレノールの前半生を支配したかもわかりません。偽りの見かけで彼女を悪く言うこともできましょう。しかし私は三年この方彼女を知っているのです。この世にはあれほど立派な魂、あれほど気高い性格、あれほど純で優しい心を持ったひとはありません」「どうぞお好きなようにおっしゃい」と彼は答えた。「でも世間は、そんな微妙な点までは究《きわ》めませんからね。事実は確かであり、周知のことなのです。事実を私に思い出させないようにすれば、それで事実がなくなるとでもお思いですか？　よござんすか」と彼はなおも続けた。「この世では、自分は何を欲しているかをはっきり知らねばならないのですよ。まさかエレノールと結婚はなさらないでしょうね？」「もちろんです」と私は叫んだ。「彼女だって決して望んではいません」「ではどうなさろうというのです？　あの女はあなたより年も年上です。あなたは今二十六だ。まだ十年は世話をみておやりになるでしょう。するとあの女はお婆さんになります。あなたは何一つ始めず、何一つ満足のいくことはなしとげずに、人生の半ばに達するのです。あなたは倦怠《けんたい》にとりつかれ、女は不機嫌になるでしょう。女はあなたにとっては日に日に不愉快なものになり、あなたは女にとって日に日に必要なものになるのです。そして、名門に生れ、立派な財産と優《すぐ》れた才気を持ちながら、とどのつまりは、友達には忘れられ、栄誉の望みは断たれ、何をしてやっても満足してくれない女に苦しめられて、ポーランドの片隅で朽ち果てることになるのです。もうひと言だけ言わしてもらいましょう。そして、あなたにとって迷惑な話はやめることにしましょう。あらゆる道があなたの前に開かれているのです。文学、軍職、官界、あらゆる道がね。あなたはどんなに立派な縁組でも望めるのです。行くとして可ならざるはなしです。でも、よく覚えておいて下さい。あらゆる種類の成功とあなたとの間には、越えがたい一つの障害があるのです。その障害はエレノールです」「私はあなたのお言葉を黙って聞いていなければならぬと思いました」と私は答えた。「でもまた、あなたのお言葉が私を揺るがしはしなかったこともはっきり申しあげねばなりません。繰返し申しますが、私よりほかには誰もエレノールを判断することはできないのです。誰にも、あのひとの感情の嘘偽りないこと、あのひとの感動の深いことはわからないのです。あのひとが私を必要とする限り、あのひとのそばにいてやります。たといどんなに成功しても、あのひとを不幸な目にあわしておくのでは、私の心は慰まないでしょう。そして、たとい私の一生を、あのひとの支《ささ》えとなるためや、苦しい場合の力となってやるためや、またあのひとを誤解している不当な世評に対して愛情をもって護ってやるためだけに費やしたとしても、私はなお一生を無益に過したとは思わないでしょう」

こう言い終るや、私は外に出た。だが、こうした言葉を言わせた感情が、まだそれを言い終りもしないうちに消えてなくなるこの儚《はかな》さは、いったい誰が説明してくれるであろう？　私は歩いて帰ることにして、たった今弁護したばかりのそのエレノールに再び会うときを遅らそうとした。私は大急ぎで町を通り抜けた。早く一人になりたかったのである。

野原のまん中の田舎道にきてから、歩みを緩《ゆる》めた。すると、あれやこれやと数知れぬ思いがどっと押寄せてきた。「あらゆる種類の成功とあなたとの間には、越えがたい一つの障害があるのです。その障害はエレノールです」というあの不吉な言葉が、身のまわりで響いていた。再び帰ることもなく流れて行ったときを、遙《はる》かに悲しく見やった。青春時代のかずかずの希望、未来も意のままと考えていたかつての日の自信、最初の試験に与えられた讃辞《さんじ》、輝いたと見る間に消え去った名声の曙光《しょこう》が思い出された。私は幾人かの学友の名前を心に繰返した。かつては彼らを傲《ごう》慢《まん》に見下していたのだったが、彼らは根強い努力と規則正しい生活を続けたばかりに、今では財産においても、声望においても、また名誉においても、私を遙かに引離していた。私は自分の無為がたまらなかった。守銭奴《しゅせんど》が積み重ねた財宝を眺めながら、これらで贖《あがな》えるであろうあらゆる幸福を想像するように、私は望めば得られたであろうあらゆる成功が、エレノールのために失われていったのを見たのだった。私が惜しく思ったのは、単に一つの職業だけではなかった。まだ何一つやってみたことがなかったので、すべての職業が惜しまれた。これまで自分の力を使ったことがなかったので、それを限りないものに想像し、かつそれを呪《のろ》った。いっそ自然が私を弱い凡庸な人間につくっていてくれたらと思った。そしたら少なくとも、自ら好んで堕落しているのだという悔恨は感じなくてすんだであろう。才気や知識を賞《ほ》められたり讃《たた》えられたりすると、堪えがたい非難を受けるような気がした。獄屋の奥に鉄鎖で繫《つな》がれている剛力者の逞《たくま》しい腕が賞めそやされているのを聞くような思いだった。勇気を取戻そうとすると、活動の時期はまだ過ぎてはいないのだと考えようとすると、エレノールの姿が幻となって現われ、私を再び虚無の深淵《しんえん》に突き落してしまった。私は彼女に対して憤激の発作を感じた。それでいて、人間の気持って奇妙に入り組んだもので、この憤激も、彼女を悲しませるという考えでもたらされる恐怖をいささかも減らしてはくれなかった。

私の魂は、こうした苦い思いに疲れ果てて、突然真反対の感情の中に逃げ場を求めた。楽しい安らかな結婚の可能性についてT＊＊＊男爵が別に当てもなく言った数語は、伴侶《はんりょ》となすべき女性の典型を胸に描かせるのに役立った。そうした運命が私にもたらすであろう休息、世の尊敬、また自由勝手な生活のことさえ考えた。それというのは、これまであんなに長い間ずるずるべったりに続けてきた関係は、正式な結婚がそうであろうよりも、幾層倍か窮屈なものだったからである。私は父の悦びを想像した。故国に帰って、同輩の間で、当然占むべき位置を取戻したくてたまらなくなった。これまで冷酷で軽佻《けいちょう》な意地悪どもが私に向けたあらゆる批判、またエレノールが私に浴びせかけるあらゆる非難に、厳格で一点非の打ちどころのない行為を対抗させる自分を心に描いた。

「彼女は私が冷酷だとか、恩知らずだとか、情知らずだとか言って、いつも責める」と私は心の中で言った。「社会のしきたりから言っても私が妻と認めることができ、父も娘とすることを恥じないような女を、天が恵んでくれたのだったら、その女を幸福にしてやるのに、幾層倍か幸福を感じたことだろう。私の感受性は苦しみ傷つけられているが故《ゆえ》に、ひとに誤解されているし、また、権柄ずくで感受性の証拠を見せよと要求されたのでは、どんなに怒られようと脅迫されようと、そんな気になれるものではない。もしこれが、他人からも敬われるような、規則正しい生活の伴侶であるいとしいひとが相手なのだったら、この感受性に身を任すことはどんなにか楽しいことだろう！　エレノールのために何をしてやらなかったというのだ？　彼女のために、国を棄て、家を棄てた。彼女のために年老いた父の心も苦しめた。その父は今なお私から遠く離れて嘆いているのだ。彼女のために、こんな土地に住んで、あたら青春を、誉れも、誇りも、また楽しみもなく、孤独のうちに過して行くのだ。義務も愛情もなくて、こんなにも多くの犠牲を払ったことは、もしも愛情があり義務がある場合にはどんなことができるかも知れない、という証拠ではあるまいか？　ただその苦悩で自分を支配しているにすぎぬ女の苦悩を、これほどまでに怖れるのだったら、悔いも憚《はばか》りもなく公々然と身を捧げることのできる女のためなら、どんな心やりで一切の悩み、一切の苦しみを取除いてやることであろう！　そうなったら自分は、今の自分とはどんなに違って見えることだろう！　原因がわからないばかりにひとから罪悪視されているこの辛辣《しんらつ》なとげとげしさも、どんなにか早く消えてなくなるであろう！　神に対してはどんなにか感謝し、人々に対してはどんなにか親切になることであろう！」

私はこんなふうに胸の中で語っていた。目は涙にうるんでいた。かずかずの思い出が、まるで奔流のように胸に流れこんできた。エレノールとの関係で、それらの思い出のすべては忌わしいものになっていた。少年時代を思い起させるものといえば、いとけない時期を過した場所も、幼い折の遊び友達も、初めての関心のしるしを惜しげもなく見せてくれた年老いた両親も、すべてが私の心を傷つけ、苦しめた。どんなに心を引きつける面影も、どんなに自然な願望も、考えてはならぬもののように、押しやってしまうようになっていた。ところが、先ほど想像力がふと作り出した女性は、反対に、これらすべての面影に結びつき、これらすべての願望を許した。この女性は私のすべての義務、すべての楽しみ、すべての趣味にぴったり合った。この女性は私の現在の生活を、希望があんなにも広い未来を目の前にひろげていた青春のあの時期、エレノールのために深淵で隔てられてしまったあの時期に結びつけた。どんなに些細《ささい》なことも、どんなに小さなものも、記憶に蘇《よみがえ》ってきた。父とともに住んでいた古い館《やかた》、それをめぐる森、城壁の下を洗う川の流れ、さては地平を限る山々が目の前に浮んできた。それらの姿は実にありありと浮び、また実に生き生きとしているので、私は思わず身顫《ぶる》いし、堪えがたくなってきた。そして私の想像力は、それらのもののそばに、希望によってそれらを美化し、活気づける一人のあどけない、うら若い女性を置いた。私はこうした物思いに耽《ふけ》りながらさまよい歩いた。相変らず何と決った計画もなく、エレノールと手を切らねばならぬと考えるでもなく、現実についてもただぼんやりこんがらかった考えしか持たずに。それは、眠れば夢に慰められはするものの、この夢も間もなく醒《さ》めることを予感している、苦痛に押しひしがれた男の状態であった。突然目の前にエレノールの館が見えた。知らぬ間に近づいていたのである。私は立止った。そして脇道《わきみち》に逸《そ》れた。再び彼女の声を耳にする瞬間を遅らせるのが嬉しかった。

日は薄れていた。空は澄み渡り、野にはもう人気《ひとけ》はなくなっていた。人間は労働の手を止めて、自然をそれ自身の懐《ふところ》に返していた。私の思いはだんだんと厳粛なおもおもしい調子になっていった。刻々に濃くなる夜の影、周囲にたちこめて、ときたま遠い物音で妨げられるだけの茫《ぼう》漠《ばく》たる沈黙は、私の心の動揺のあとに、いっそう静かな、いっそう厳《おごそ》かな感情をもたらした。灰色がかった地平線のあたりに目をさまよわせたが、もはやその涯《はて》も見えず、かえってそのために、何かしら広漠たる感じがした。もう長いことこうした感じを味わったことはなかった。いつも個人的な反省に耽り通しで、いつも自分の立場をばかり見つめていたので、およそ一般的な考えには縁遠くなっていた。心にあるものはエレノールと私のことだけだった。そのエレノールは、もはや倦怠の混った憐憫の情しか私に起させなかったし、私は私で、自分に対して少しの尊敬も持っていなかった。私は、いわば、新しい一種の利己主義、勇気もなく不平ばかりこぼしている卑屈な利己主義の中に縮こまっていたのである。だから、違った種類の考えに蘇り、自分自身を忘れる能力を再び見いだして、利害を離れた瞑想《めいそう》に耽れるのが嬉しかった。私の魂は久しい間の恥ずかしい堕落から立ち直りかけたように思われた。

ほとんど終夜がこうして過ぎていった。私はあてもなく歩いた。畑を、森を、何一つ動いているもののない村々を歩き回った。ときたま、遠く遥かな人家に、一筋の弱々しい燈火が闇を通して光っているのが見えた。「あそこでは」と私は自分に言った。「あそこでは、おそらく、誰か不幸な人間が苦しみの下でもがいているか、あるいは死と闘っているにちがいない。死、それは日々の経験で教えられながらも、人々がまだ納得しているようには見えぬ解きがたい神秘だ。われわれを慰めることも鎮《しず》めることもできない確実な終極だ。平生は気にもかけず、怖《おそ》れても束《つか》の間に忘れてしまう！　だがそう言う私も」となおも私は続けた。「やっぱりこの愚かしい軽率をおかしているのだ！　生命が際限ないものであるかのように、私は生命に反抗しているのだ！　惨《みじ》めだった数年を取戻そうとして、まわりに不幸を撒《ま》きちらしているが、たとい取戻しても、やがて時がそれを奪い去るであろう！　ああ！　こんな無駄な努力はやめよう。この時が流れ去り、私の一日一日がそれからそれと慌《あわただ》しく過ぎゆくさまを見て楽しもう。半ばはすでに過ぎ去った生涯の冷やかな傍観者として、じっとしていよう。奪われたってかまわない、裂かれたってかまわない！　どうせ寿命は延ばすことはできないのだ。とやかく争うことがあろうか？」

死の観念は常に私に大きな力を持っていた。どんなに激しく苦しんでいるときでも、死を思うとたちまち気持が落ちついた。このときも、これが私の心にいつもの効果をもたらした。エレノールに対する気持には、とげとげしいところが少なくなってきた。苛々《いらいら》した気持もなくなった。このわれを忘れた気ちがいじみた一夜の印象としては、快い、ほとんど穏やかな感情しか残らなかった。おそらくは、このとき感じていた肉体の疲れが、この穏やかな気持に与《あずか》って力があったのであろう。

夜がほのぼのと明けかけていた。すでに物の文目《あやめ》が見分けられた。エレノールの家からかなり遠くに来ているのがわかった。私は彼女の不安を心に描いて、疲れてはいたが、できるだけ早く彼女のそばに帰ろうと足を急がせた。ちょうどそのとき、騎馬の男に出会った。これは彼女が私を捜しに出した男だった。この男が語るには、この十二時間というものエレノールは大変な心配をして、彼女自身ワルソーに赴き、近所をさんざん駆け回ったあげく、何とも言いようのない煩悶《はんもん》の様子で家に帰ってきたが、今も、村人たちが私を捜すために四方八方に繰出されているということだった。この話を聞くと、まず、私はかなり辛い焦燥に満たされた。エレノールにうるさく監視されているのに苛立った。これも彼女が私を愛しておればこそだと、いくら自分に繰返し言いきかせても無駄だった。この愛こそはまた、私のすべての不幸の原因ではなかったろうか？　だがやっとのことで、心に咎《とが》めていたこうした感情に打勝つことができた。彼女の心配して苦しんでいるのがよくわかった。私は馬に乗った。私たち二人を隔てている距離を一気に乗り切った。彼女は狂わんばかりの喜びで私を迎えた。私は彼女の感動に打たれた。私たちの話は短かった。というのは、間もなく彼女が、私には休息が必要だと思ったからだった。そこで私は、少なくとも今度だけは、彼女の心を痛ませるようなことは何一つ言わずに別れた。

VIII

翌日起きたときも、前日苦しめられたと同じ考えに付纏《つきまと》われた。私の苛立たしい気持は日増しに昂《こう》じてきた。エレノールはその原因を突きとめようとしたが無駄だった。せっかちに質問されても、私はただぎごちない簡単な一語で答えるだけだった。打明けた話をすれば彼女は苦しむだろうし、その苦しみを見ればまた新たに隠しだてをしなければなるまいことがわかりきっていたので、どんなにしつこくきかれても固く身構えていた。

彼女は心配もし驚きもして、友達の一人に助けを求め、私が隠している――と言って彼女が非難する秘密――をあばこうとした。彼女は一所懸命自分自身を瞞《くらま》そうとして、感情しかないところに一つの事実を探していた。この女友達は私に、私の奇妙な気むずかしさについて、永続的な関係については努めて考えまいとしている私の配慮について、またぜひとも別れて一人になりたいという私の不可解な渇望について語った。私は長い間黙って聞いていた。私はこれまでに、誰に対しても、もはやエレノールを愛していないなどと言ったことはなかった。そんな不実とも思われるような告白は口にするのもいやだった。それにしても、弁解はしたかった。そこで手加減しながら事のいきさつを語った。エレノールに対しては讃辞を惜しまず、自分の行為の無分別なことも認め、それをみな私たちの境遇の障害のせいにした。だが本当の障害は、自分の方に愛情がないからだということがはっきりわかるような言葉は、一語も洩らさなかった。聞いていた婦人は私の物語に心を打たれた。私が弱気と呼んでいたものの中に寛大を見、冷酷と称したものの中に不運を見てくれた。情に燃えたエレノールを怒らせた同じ弁解が、公平なこの婦人の心には確信をもたらしたのである。利害関係がない場合には、人間はこうも正しいのだ！　何人も自分の心の問題は決して他人に任してはならぬ。心のみがよく心の問題を弁護することができるのだ。心のみがよく心の痛手を調べ得るのだ。すべて仲介者は審判者となる。彼は分析し、妥協し、冷淡な態度を了解する。彼はこの冷淡な態度を可能なこととして受入れ、避け得られないものと認める。従って、彼はそれを許し、そして、当の彼もわれながらひどく驚くのだが、彼自身の目にそれが正当なものと映ってくるのである。エレノールに責めたてられて、私は自分を罪ある人間のように思いこんでいた。ところが、彼女を弁護しているつもりのこの婦人から、自分はただ不幸な人間にすぎぬということを教えられたのである。私はつい引込まれて、自分の気持をすっかり打明けてしまった。エレノールに対して献身、同情、憐憫の心を持っていることは認めた。だが、義務としてやっているいろんなことの中には、愛情はいささかもはいっていないことをつけ加えた。この真実は、これまでは胸の中に畳みこまれていて、ただときどき取り乱したり怒ったりしたときにエレノールに洩らされたにすぎなかったのだが、今や他人がその保管者になっただけで、私の目にはより以上の現実性とより以上の力を持っているように映ってきた。内輪の関係の隠されていた襞《ひだ》を突然第三者の目にあばいて見せることは、大きな一歩であり、取返しのつかぬ一歩である。この殿堂に忍び入った陽の光は、夜がその影で蔽《おお》い隠していた破壊のあとを確かめ、破壊を完成する。ちょうど、墓に収められていた屍体《したい》が、しばしばその原形を保っていながらも、ひとたび外気に触れれば、粉と砕け散ってしまうのと同じである。

エレノールの友達は帰って行った。私たちの会話をどう伝えたかは知らないが、客間の近くまで来ると、エレノールが非常に気色ばんだ声で話しているのが聞えた。私の姿を見るや、彼女は口を噤《つぐ》んだ。しばらくすると、彼女はいろんな形で一般的な意見を繰返しはじめたが、実はそれは、私個人に対する攻撃にほかならなかった。「ある種の友情の熱心さほどおかしなものもないわね」と彼女は言った。「より上手に背負い投げを食わすために、親切ごかしにひとの世話を引受ける人もあるのね。そういう人たちに言わせると、それが愛情なんだそうだけど、わたしにはそんなものより憎悪《ぞうお》の方がましだわ」エレノールの友人が私の肩を持って、私をあまり悪者のようにとらないので憤慨したのだ、ということがすぐにわかった。こうして私は、自分が第三者としめし合せて、エレノールに対抗したような形になったのを感じた。これでわれわれの心の間に、またしても一つの障壁ができたのである。

それから数日すると、エレノールはもっとひどくなった。まるで自制ができなくなったのである。何か不平の種があるように思いこむと、遠慮も前後の見境もなく、遮二無二《しゃにむに》その説明を求めねばやまなかった。隠しだてをして気まずい思いをするよりは、絶交の危険を冒す方がましだと思うのだった。二人の友達は永久に喧嘩別れをしてしまった。
「なぜ内輪の諍《いさか》いに他人をお入れになったのです？」と私は言った。「お互いが理解し合うために第三者が必要でしょうか？　それにもし、私たちがもはや理解し合えないのなら、どんな第三者に救済ができるでしょう？」「おっしゃる通りよ」と彼女は答えた。「でもそれはあなたがいけないのよ。昔は、あなたの心を理解するためには、誰に相談したこともなかったわ」

突然エレノールは生活様式を変える計画を言いだした。私はその話によって、彼女が、私の心を蝕《むしば》んでいる不満を二人の生活が孤独なせいにしているのを見てとった。観念して本当のことを打明けるまでには、ありとあらゆる偽りの理由を言い尽した。私たちは顔をつき合せて、沈黙と不機嫌のうちに、単調な幾宵かを過した。長い語らいをしようにも、泉が涸《か》れてしまっていた。

エレノールは近所やワルソーに住んでいる貴族たちを自分の家に招こうと決心した。私にはこの試みのいろんな障害や危険がたやすく予想された。彼女と遺産相続を争っている親戚たちは、彼女の過去の過失をあばきたて、無数の中傷的な噂をまきちらしていた。私は彼女が受けようとしている屈辱を思うとぞっとした。そこでこの企てを思い止らせようと努めた。だが私の諫《いさ》めも無駄だった。ずいぶん加減して言ったのだが、私の心づかいは彼女の自尊心を傷つけた。自分の生活が曖昧《あいまい》なので、私が二人の関係を当惑しているのだと想像した。そのためにかえって、社交界に名誉ある地位を回復したいとあせった。彼女の努力はいくらか功を奏した。彼女の持っている財産、年齢とはいえまだ僅かにしか色香の褪《あ》せないその美貌、それにかずかずの艶話《つやばなし》の噂も手伝い、すべてが好奇心をかきたてたのである。彼女は間もなく多くの人々に取囲まれるようになった。だが心の底では困惑と不安に付纏われていた。私は私の立場に不満だった。彼女はそれを、自分の立場に私が不満なのだと想像した。彼女はそこから抜け出ようともがいた。望みが激しいので、打算の余裕がなかった。立場が曖昧なだけに、行為にむらがあり、動作に落ちつきがなかった。彼女の心は正しかったが、働きの幅が狭かった。この心の正しさは、性格の激し易いために歪《ゆが》められ、また働きの幅の狭いことは、最も巧みな道を見つけたり、微妙な陰翳《ニュアンス》を捉《とら》えたりすることの妨げになった。彼女ははじめて目的をたてたのだが、目的に向って遮二無二進んだために、的を逸《そ》らしてしまった。どんなにか多くの不愉快な思いを、私にそれを告げようともせずに、甘受したことであろう！　私は私で、彼女のために幾度顔をあからめるような目にあったことであろう！　さりとて、彼女にそれを言う力もなかった！　人々の間では慎みとか節度の力は実に大きく働くので、かつてＰ＊＊＊伯爵の愛妾《あいしょう》として伯爵の友人たちに受けていた尊敬の方が、現在召使たちに侍《かしず》かれ、莫大な財産の相続者として隣人たちから受けている尊敬よりも、はるかに勝《まさ》っていた。高飛車に出たかと思えば下手に出、愛想がいいと思えばすぐに怒りだし、彼女の振舞いや言葉の中には何か激しいものがあって、それが、落ちついた態度によってのみ得られる尊敬をぶちこわしたのである。

こんなふうにエレノールの欠点をあげていけば、私が責め私が咎める相手は、結局は私自身である。私のただひと言で、彼女の気持は鎮まったであろうに。なぜ、そのひと言が言えなかったのであろう？

とはいうものの、私たちはともども、これまでよりはずっと穏やかに暮していた。気晴らしが、いつも頭にこびりついている考えから私たちを解き放してくれた。二人きりになるのはたまにしかなかったし、また、心の奥底の感情のことを除けば、私たちはお互いに限りない信頼を持っていたので、この感情の代りに、いろんな観察や事実が話題となって、私たちの会話には再びいくらかの魅力が取戻されていた。だが間もなく、この新しい生活様式が、私にはまた新たな当惑のもととなった。エレノールの取巻きの中にまぎれこんでいた私は、自分が驚きと誹謗《ひぼう》の的になっているのに気がついた。彼女の訴訟の判決の日が近づいていた。反対者たちは、彼女が数限りない過失で父の心を遠ざけたと主張していた。私の存在は彼らの主張を裏書きするものとなった。彼女の友人は友人で、私が彼女に迷惑をかけているといって非難した。彼らは、私に対する彼女の情熱は許したが、私のことは心づかいが足りないといって責めていた。彼らに言わせると、本当なら私が抑えてやらねばならなかった感情を逆に濫用《らんよう》しているというのである。彼女を棄てればあとを追ってくるだろうし、私についてくるためには財産のことなどてんでかまいもすまいし、思慮分別も忘れてしまうだろうということは、ただ私だけが知っていることであった。この秘密を世間に知らせるわけにはいかなかった。だから私は、エレノールの家では、彼女の運命を決定しようとしている訴訟事件の成功さえも邪魔するような一人の他人にしか見えなかった。そして、これは実に奇妙な真実の転倒だが、私こそ彼女の頑固な意志の犠牲者なのに、人々は彼女を私の権力の犠牲者として不憫《ふびん》がっていた。

ここにまた新しい事情が持ちあがって、この悩ましい状態を更に紛糾させた。

一つの奇妙な変化が、突然エレノールの行為や物腰に起った。このときまでは、彼女はただ私だけに気をとられていたようだった。ところが俄《にわ》かに、取巻き連中のお世辞を受けたり求めたりする彼女を私は見たのである。あんなに慎み深く、あんなに冷たく、そしてあんなにものに怖《お》じ易かった彼女が、急に性格が変ったように思われた。彼女は若い者たちの気持を煽《あお》り、希望まで持たせた。その中のある者たちは彼女の美貌に魅惑され、またある者たちは、彼女の過去の過失にも拘《かかわ》らず、真剣な気持で結婚を求めていた。彼女は彼らに長い間差向いで話すことを許した。彼らに対して、彼女は曖昧な、だが誘惑的な態度をとった。柔らかく押しのけると見せて、実は引止める態度である。というのは、こうした態度は、冷淡よりもむしろ不決断を、拒絶よりもむしろ延期を示すものだからである。その後彼女自身の口からも聞き、また事実もそれを証明したのだが、彼女がこんなふうに振舞ったのは、憐れむべき誤算からだった。私の嫉妬《しっと》心を煽《あお》ることによって、私の愛情を蘇らすことができると思ったのである。だがそれは、もはや何をもってしても再び温めることはできない灰をかきたてるようなものだった。おそらくはまた、この目論見《もくろみ》の中には、自分では気がつかなかっただろうが、女性の虚栄心もいくらか混っていたにちがいない！　彼女は私の冷たい態度に心を傷つけられて、自分にはまだまだ男の気に入る力があるということを自分自身に証明してみたかったのだ。おそらくは結局、私のために心を置き去りにされたその孤独の寂しさの中で、私がもう長く口にしない愛の言葉が繰返されるのを聞いて、一種の慰めを見いだしたのであろう。

それはともかくとして、私はしばらくの間は、彼女のこうした動機を勘違いしていた。いよいよ近く自由になれる兆《きざし》をちらとばかり見た。私は嬉しかった。何か軽はずみなことをして、自由になれるかどうかというこの大事な急場をふいにしてはと怖れて、私はいっそう優しくなり、いっそう満足げな様子を見せた。エレノールは私のこの優しさを愛情ととり、私がいなくても幸福になれる彼女を見たいものという私の希望を、彼女を幸福にしたい欲望と履《は》き違えた。彼女は計略が図に当ったと悦んだ。それでも、ときとしては、私がいっこうに不安そうにしていないのを見て心配した。見たところ今にも私から彼女を奪いそうな関係にも邪魔を入れないといって私を責めた。私はこうした非難を、冗談で片づけた。でも、いつもいつも彼女を宥《なだ》めおおせるわけではなかった。彼女の性格が、かぶっていた虚偽の帳《とばり》を通して姿を現わしてきた。争いの場面が、場所を変えて、だが前に劣らぬ激しい嵐を孕《はら》んで再びはじまった。エレノールは自分の非を私のせいにし、私のたったひと言で身も心もあげて私の胸に帰るであろうということを仄《ほの》めかした。それから、私が黙っているのに腹をたて、またしても気ちがいのように、媚《こび》の生活に走った。

私の弱点として人が責めるのは、特にこの点だと思う。私は自由になりたいと望んでいた。また自由になっても、世間は認めてくれたであろう。いやおそらくは、自由になるべきだったのだ。エレノールの行為はそれを許していたし、私にそれを強《し》いているようにさえ思えた。だが彼女のこの行為も、もとをただせば私のなした業だということを私は知らなかったであろうか？エレノールが心の底では相変らず私を愛し続けていることを知らなかったであろうか？自分で彼女に思慮のない行為をさせておきながら、彼女を罰したり、また冷酷にも偽善者となって、こうした思慮のない行為の中に口実を求めて、無慈悲に彼女を棄てるといったことができたであろうか？

もちろん、私は弁解しようとは思わない。ほかの人間が私の立場にあった場合よりも、いっそう厳《きび》しく自分を責めているのだ。だが少なくとも、私はここに次のことだけは厳《おごそ》かに証言することができる。すなわち、私は決して打算で行動したことはない、常に真実で自然な感情によって導かれてきたのだ、と。こんな感情を持っていながら、どうしてこんなにも長い間、自分の不幸や他人の不幸ばかりをつくっていたのであろう？

しかし社交界の人々は驚きの目で私を見ていた。エレノールの家に滞在していることは、彼女に極端な愛着を感じているからだとしか説明がつかなかった。そして、常に彼女が今にも他の男と関係を結ぼうとしているかに見えるのに、私が無関心な態度をとっているのは、この愛着と矛盾するものだった。人々はこうした不可解な私の寛大さを、生活方針の軽薄さや、道徳に対する無頓着《むとんちゃく》のせいにして、これらのことは、私が社交界ずれのした徹底的な利己主義者であることを示すものだと言った。これらの臆測は、それを想像する人々に似合いのものであっただけに、いっそう強い印象を与えるに適していた。そこで、人々に受入れられ、語り継がれた。ついにこの噂《うわさ》が私の耳にまで達した。私はこの思いがけない発見に憤慨した。長い間の奉仕の代償として、私は誤解され、中傷されたのだ。私は一人の女のために、すべての利害を忘れ、人生のあらゆる悦《よろこ》びを斥《しりぞ》けてきた。それなのに、そういう私の方が非難されたのだ。

私は気色ばんで、エレノールに釈明を求めた。ただのひと言で、崇拝者の群れは影を潜《ひそ》めた。もともと彼らは、彼女を失いはすまいかという恐れを私に抱《いだ》かせるために招かれた人たちにすぎないのだ。彼女は交際の範囲を、数人の婦人と少数の老人に限った。周囲のすべては再び規則正しい外観を取戻した。だが私たちはそれによっていっそう不幸になった。エレノールはまた新たに権利ができたと思いこみ、私はまた新たに鎖につながれたように感じたのである。

こんなにも複雑な私たちの関係から、どんな苦しみが、またどんな怒りが生れたかは、とうてい筆紙には尽せないであろう。私たちの生活はもはや絶え間ない嵐でしかなかった。親密はそのすべての魅力を失い、愛情はそのすべての楽しさを失った。二人の間には、不治の痛手をそれでもしばらくは癒《いや》してくれるように見えるあのひとときの愛情の返り咲きすらなかった。真実は至る所から姿を現わした。そして私は自分の気持を聞かせるために、この上もなく冷酷で無慈悲な表現を借りた。エレノールが涙に泣き崩れるのを見なければ私はやめなかった。そしてこの涙すらも、焼け爛《ただ》れた熔岩《ようがん》のように、一滴一滴と私の心臓の上に落ちて、私に悲鳴をあげさせはするが、私の口から取消しの言葉を引出すことはできなかった。そういうとき、彼女が蒼ざめた顔をして予言者のように立ちあがるのを、私は一度ならず見たのである。彼女は叫んだ。「アドルフ、あなたはどんな悪いことをしているのか御存じないのだわ。でもいつかはわかるわ。わたしがわからしてあげるわ。わたしを墓の中に追いこんでおしまいになったときにね」憐《あわ》れな男よ、彼女がこう話しているときに、なぜ彼女より前に自分がそこに身を投じなかったのであろう！

IX

T＊＊＊男爵《だんしゃく》のもとへは、この前訪問したきりで、一度も行っていなかった。ある朝のこと、男爵から次のような手紙が届いた。

「あのような御忠告を申しあげたからといって、こんなにも長い間おいで下さらないのはいかがなものでしょう。御自身の問題についてどんな決心をしていらっしゃるにせよ、あなたが小生の最も親しい友人の御子息であり、小生が悦んで御交誼《こうぎ》願いたく思っていることには変りありません。さてここに一つの集りがありますが、あなたをそれに御紹介できたらどんなにか悦しいことでしょう。敢えてお約束いたしますが、この集りはきっとお気に召すと存じます。なおひと言つけ加えさせて頂きます。あなたの生活様式を別にとやかく申すわけではありませんが、それが何かしら異常なものであればあるほど、社交界に出られて、おそらく根底のない世間の偏見を一掃なさることが肝要かと存じます」

私は老人が示してくれた好意に感謝した。私は彼の家を訪れた。エレノールの話は出なかった。男爵は私を晩餐《ばんさん》に引止めた。その日は、相当才気もあり、愛想もいい男が数人いただけだった。最初は当惑したが、努めて我慢した。私は元気づいて、喋《しゃべ》った。できるだけの才気と知識を振りまいた。どうやら皆の賞讃《しょうさん》をかち得たことに気がついた。私はこうした成功の中に、もう長いこと味わわない自尊心の悦びを再び見いだした。この悦びのために、T＊＊＊男爵の社交界はいっそう愉快なものになった。

私はしげしげと彼のもとを訪れた。彼は、自分の職務に関係のある仕事で、任せて差支えないと思われるものは私にやらせた。エレノールは最初私の生活のこうした激変に驚いた。だが私は、父に対する男爵の友情や、有益な仕事をしているように見せて、私の不在を悲しんでいる父を慰めるせめてもの悦びを語った。可哀そうにエレノールは、私は今悔恨の念でこれを書いているのだが、私が前より落ちついたように見えるのに多少の悦びを覚えて、大して不平もこぼさずに、しばしば一日の大部分を私から離れて暮すことに甘んじてくれた。男爵は男爵で、お互いの間が少し気安くなると、またエレノールのことを話しだした。実際の気持では、いつも彼女のことをよく言うつもりだったのに、私は自分でも気づかずに、前よりも軽々しい寛《くつろ》いだ調子で彼女のことを語っていた。あるときは一般的な諺《ことわざ》にかこつけて、彼女から離れねばならないと思っていることを示し、またあるときは冗談に助けを求めた。笑いながら、女のことや、女と手を切ることのむずかしさなどを語った。こうした話は老公使を楽しませた。彼の魂はひからびてはいたが、朧《おぼろ》げに、自分も若い折には色事のいざこざで苦しめられたことを思い出すのだった。こうして私は、心に一つの感情を隠していたばかりに、多少とも皆をだましていた。私はまずエレノールをだましていた。というのは、男爵が私を彼女から引離そうとしているのを知っていながら、それを彼女に黙っていたから。次にはT＊＊＊男爵をだましていた。というのは、今にも関係を断つように思わせていたから。こういう二心《ふたごころ》は私の生れつきの性格とは遥かに縁遠いものであった。だが人間は、絶えず隠しておかねばならぬ考えを一つでも胸に持ったが最後、一途《いちず》に堕落の道を辿《たど》るものである。

そのときまで私がT＊＊＊男爵の家で知り合ったのは、彼が特別な交際をしている男たちだけだった。ある日のこと、男爵は、主侯《しゅこう》の誕生祝のために催す盛大な饗宴《きょうえん》に残るようにすすめた。「ポーランドきっての美しい婦人たちにお会いになれますよ」と彼は言った。「なるほど、あなたのお好きな婦人は見えますまい。お気の毒です。でも自宅に行かねば会えない婦人もあるのです」私はこの言葉に胸を深く刺された。私は黙っていた。だが心の中では、エレノールを庇《かば》わない自分を責めていた。彼女だったら、私が彼女の面前で攻撃されでもしようものなら、それこそどんなにか気色ばんで私を庇ったことであろう。

来会者は多かった。皆はじろじろ私を見ていた。まわりで、父の名、エレノールの名、P＊＊＊伯爵の名がひそひそと繰返されるのが耳にはいった。私が近づくと皆は黙った。だが遠ざかるとまたはじめた。皆が私の噂をし合っているのは明らかだった。そしておそらく、各人各様のお喋りをしているにちがいなかった。私の立場は辛くなった。額は冷や汗でびっしょりになった。私は赤くなったり蒼くなったりした。

男爵は私が当惑しているのに気がついた。そこでそばにやってきて、いっそう気を使って親切にしてくれ、あらゆる機会を見つけては私を賞めてくれた。すると、私のことをかまってくれる彼のこうした態度が利《き》いて、間もなくほかの連中も私に対して同じような敬意を払わねばならなくなった。

客が皆引取ってしまうと、T＊＊＊氏は言った。「もう一度だけ率直に申しあげたいのですが。なぜあなたは御自分でも苦しい立場にいつまでもとどまろうとなさるのです？ 誰のためになっているというのです？ あなたとエレノールの仲がどうなってるか、ひとが知らないとでも思ってらっしゃるのですか？ お互いが気まずく、面白くなくなってることは、皆承知してますよ。あなたは弱気のために、自分を痛めつけていらっしゃる。しかし、あなたの片意地も、それに劣らず、あなたを痛めつけているのですよ。だって、矛盾もはなはだしいじゃありませんか、あなたは、いっこうに彼女を幸福にしてはやれないし、彼女の方はあなたをこんなにも不幸にしているのですよ」

私はさっき感じた苦痛にまだ傷つけられていた。男爵は幾通もの父の手紙を見せた。それらはみな、私の想像以上に激しい苦しみを語っていた。私の心はぐらついた。エレノールの不安を一日のばしにしているのだと思うと、なおさら私の気持は動揺した。ところがついに、あたかもすべてが力を合せて彼女の敵に回ったかのように、私が躊躇《ちゅうちょ》している間に、ほかならぬ彼女自身がその感情の激しさで、私に決心させてしまったのである。私は一日じゅう家をあけていた。宴会の後も男爵は私を引止めていた。夜は更けていった。このときエレノールからと言って、T＊＊＊男爵の面前で一通の手紙を手渡された。私は男爵の目の中に、私の奴隷《どれい》的屈従に対する一種の憐れみの色を見た。エレノールの手紙は とげとげしい調子に 満たされていた。「なんてことだ！」と私は胸の中で言った。「一日だって自由に過すことはできないのだ。一時間だって落ちついて息できないのだ。自分の足もとに連れ戻さずにはおかない奴隷のように、どこへ行っても追っかけてくるのだ」そして、自分を弱いものと感じているだけにいっそう激して、叫んだ。「よろしい、お約束しましょう。エレノールと手を切りましょう。私からはっきり言ってやります。前もって父に御通知下さって結構です！」

こう言って、私は男爵の家を飛び出した。私は今言ったばかりの言葉に胸を押えつけられていた。そして自分の与えた約束もほとんど信じられなかった。

エレノールは私を待ちこがれていた。彼女は妙な偶然から、私の留守の間に、T＊＊＊男爵が彼女から私を引離そうと努力していることをはじめて耳にしたのだった。私のした話、口にした冗談が彼女に告げられていた。疑惑の目を覚まされた彼女は、それを裏書きするような幾つかの事情を心の中で総合してみた。これまで一度も会ったこともない人との突然の交際、その人と私の父との間の親密な友情が、彼女には否みがたい証拠のように思われた。彼女の不安は僅かの時間にひどく昂《こう》じて、私が会ったときの彼女は、彼女の いわゆる私の不実を頭から信じこんでいた。

私は何もかも言ってしまおうと決心して、彼女のもとに帰ってきたのだった。だが彼女に責められると、ひとは信じてくれるかどうかわからないが、私はただもう逃げを張ることしか考えなかった。否定さえした。そうだ、翌日宣告しようと決心していたことを、その日は否定したのである。

夜は更けていた。私は彼女のもとを去った。この長かった一日にけりをつけたくて、急いで床にはいった。そして、この日も終ったと確信がつくと、差向きは、大きな重荷から解放されたような気になった。

翌日は正午頃になってやっと起きた。会うときを遅らせば、運命の決るあの恐ろしい時が延ばせるとでもいうように。

エレノールは、彼女自身の反省と、前夜の私の物語によって、夜の間に落ちつきを取戻していた。彼女は訴訟の話をしたが、その信頼しきった様子は、二人の仲を切っても切れぬものと考えていることをあまりにもはっきり示していた。彼女を孤独に押しやるような言葉がどうして言いだせよう？

時は恐ろしい速さで流れて行った。刻一刻、話を切り出さねばならぬときが迫ってきた。私の決めた三日のうち、すでに二日目が過ぎようとしていた。T＊＊＊氏は遅くとも翌々日には私を待っているのだ。父への手紙はもう発送されていた。それなのに私は、約束を果すための試み一つしないで、約束に背《そむ》こうとしているのだ。私は外に出、帰って来、エレノールの手をとり、ひと言いいかけては、すぐやめた。私は地平線に傾いた夕日の歩みをじっと見つめていた。また夜が来た。私はまたしても日を延ばした。あと一日残っている。一時間あれば十分なのだ。

その日も前日のように過ぎ去った。私はT＊＊＊氏に手紙を書いて、しばらくの猶予を求めた。そして、性格の弱い者には当然のことだが、その手紙の中であれこれ理屈を並べたてて、決行の遅れている弁解をし、遅れてはいても決心にはいささかも変りはない、今からでもエレノールとの仲は永久に切れてしまったものと考えて差支えない、ということを示した。

X

続く数日は、今までよりは落ちついて過した。何とかしなければならないのをうやむやにしていた。それはもう亡霊のように付纏いはしなかった。エレノールに覚悟させるのはいつでもできると考えていた。せめて友情の思い出だけなりと残しておくために、彼女に対してもっと温かく、もっと優しくしてやりたかった。私の煩悶《はんもん》はこれまでのとは全然違っていた。前には、エレノールと自分の間に越えがたい障害がふいにできることを祈っていたものだった。その障害ができた。ところが今は、まさに失おうとしているものを見ているように、私はエレノールをじっと見つめていた。幾度か堪えがたいものに思われたあの要求の多い気むずかしさも、もう怖ろしくはなかった。そんなものからは前もってもう解放されているような気がしていた。彼女になおも譲歩することによって、私はいっそう自由な気持になった。そして、かつてはしょっちゅう何もかもを引裂きたくなるようにさせたあの内心の反抗も、もはや感じられなかった。私の心の中にはもはや焦燥はなかった。それどころか、あの不吉な瞬間を遅らせたい秘《ひそ》やかな望みさえあった。

エレノールは私の気持がいっそう優しくなり、いっそう思いやりがあるようになったのに気がついた。そこで彼女自身にもとげとげしいところがなくなってきた。私は避けていた語らいをまた求めた。つい先頃まではうるさかったが、今となっては貴重な彼女の愛の言葉を、聞くたびにこれが最後になるかも知れないと思いながら享楽した。

ある晩、私たちはいつもよりも楽しく語り合ったあとで別れた。胸に秘密を隠しているので悲しかったが、悲しいといっても、激しいものではなかった。別れたいとは思っていたが、その時期がはっきり決らないおかげで、別れのことを考えないですんだ。夜中に、館《やかた》で、ただならぬ物音が聞えた。その物音は間もなくやんだので、私は別段気にもとめなかった。だが朝になって、それを思い出した。わけが知りたくなって、私はエレノールの部屋の方に足を運んだ。どんなに驚いたことだろう。エレノールが十二時間ほど前からひどい熱におかされて、召使たちが呼んだ医者の言葉によると生命が危険だという。そして彼女は、私に知らせることも、私を部屋へ通すことも固く禁じたというのだ！

私は強《た》ってはいろうとした。すると医者自身が出て来て、今興奮を与えることは絶対禁物だと言った。医者は、彼女が入室を拒んだ理由を知らないので、それは私を心配させたくない心づかいからだと思っていた。私は心配でならないので、どうしてこんなに急に重態になったのか、召使たちにきいた。彼らの話によると、前夜、私と別れてから、彼女はワルソーから騎馬の人が持参した一通の手紙を受取ったのだった。彼女はそれを開いて目を通すなり、気絶してしまった。われに返ると、ひと言も言わずに寝床の上にがばと身を投げた。女中の一人が、その興奮のさまが気になって、こっそりその部屋に残っていた。すると真夜中頃、寝ていた寝台も揺れるほどに激しく身顫いしはじめたのを女中は見た。女中は私を呼ぼうとした。だが、エレノールがあまりにもひどく怯《おび》えたように反対するので、言いつけに背くわけにもいかなかった。医者を呼びにやった。エレノールは医者の問いに答えることを拒んだ。そして今もなお拒んでいた。彼女は、わけのわからないきれぎれの言葉を口にし、また、ものを言うまいとでもするかのように、しばしばハンケチを口にあてて、この一夜を過したのだった。

こうした委細を聞いていたとき、エレノールに付添っていたもう一人の女中が、恐怖に色を失って駆けつけてきた。エレノールが意識を失ったらしいというのだった。彼女にはまわりにあるものの見分けがつかない、ときどき叫び声をあげて、私の名前を繰返す、それから、怯えて、何かいやなものを遠ざけてほしいとでもいったように、手を動かす、というのだった。

私は彼女の部屋にはいった。見ると、寝台の足もとに二通の手紙が落ちていた。一通は私がT＊＊＊男爵に宛てたものであり、もう一通は男爵自身がエレノールに宛てたものだった。そこで私には、この怖ろしい謎《なぞ》がわかりすぎるほどはっきり解けた。最後の別れにふさわしい時を求めようとした私のあらゆる努力は、こうして、いたわってやりたいと願っていた不幸な女に禍いしたのである。エレノールは、私が自分の手で書いた、彼女を棄てるという約束の言葉を読んだのだ。この約束の言葉は、もっと彼女のそばにいたいばっかりに書いたものであり、また、そばにいたい欲望そのものが激しかったればこそ、あんなに繰返しもし、あれこれ述べたてもしたものだったのに。T＊＊＊氏の冷たい目は、一行ごとに繰返されたこれらの誓約の中に、私が隠している優柔不断と、私自身の不決断から出た策略を苦もなく見抜いていた。だが残酷な彼は、エレノールだったらそこに取消しの許されぬ判決を見るだろうと、ちゃんと計算していたのである。私は彼女のそばに寄った。彼女は私をじっと見つめたが、私だとはわからなかった。私は話しかけた。すると彼女はぶるっと身顫《ぶる》いした。「あの音なに？」と彼女は叫んだ。「わたしを苦しめた声だわ」医者は私がいると彼女の精神錯乱がひどくなるのを見て、引取ってくれるようにと頼んだ。この長い三時間の私の胸のうちはどう描いたものであろう？　やっと医者が出て来た。エレノールは深い眠りに落ちたのだ。彼の言うには、今度目が覚めたとき、熱が鎮まっていたら、助かる見込みがなくはないというのである。

エレノールは長い間眠った。目を覚ましたという知らせがあったので、手紙で、会ってほしいと言ってやった。はいっていいという返事だった。私は口を開こうとした。彼女はそれを遮《さえぎ》った。「あなたからは、残酷な言葉は聞きたくないわ」と彼女は言った。「もう何も要求なんかしないわ。反対もしないわ。でも、わたしがあんなにも好きだったあの声、わたしの胸の底で響いていたあの声が、胸の中にはいってきて、胸を引裂かないで。アドルフ、アドルフ、わたしは乱暴だったわね、きっとあなたを怒らせたわね。でもあなたは、わたしがどんなに苦しんだか御存じないわ。永久に知らないで頂きたいわ！」

彼女の興奮は極度に達した。彼女は額を私の手の上にのせた。それは燃えるように熱かった。激しい痙攣《けいれん》で顔つきが歪《ゆが》んでいた。「どうぞお願いです」と私は叫んだ。「大好きなエレノール、聞いて下さい。そうだ、私は悪い人間です、この手紙は……」彼女はぶるっと身顫いして、身体《からだ》を引こうとした。私は彼女を引止めて、言葉を続けた。「気の弱い上に責めたてられたものですから、一時は、血も涙もない懇願に負けたかも知れません。でも私が別れたいなんて思うはずのないことは、あなた自身百も御承知じゃありませんか。私は不満でもあったし、不幸でもあったし、またひどいこともしました。おそらく、あなたがあまりにも激しく事実無根のことをお責めになるものですから、一時的な出来心に油を注ぐことになったのです。私は今ではあんな出来心は軽蔑《けいべつ》しています。でもあなたは私の深い愛情を疑うことができるでしょうか？ 私たちの魂はお互いに、切っても切れぬ無数の絆《きずな》で結ばれているのではないでしょうか？ すべての過去は私たちにとっては共通なものではないでしょうか？ 二人で分ち合ってきた印象、二人で味わった楽しみ、一緒に堪え忍んだ苦しみを思い出さずに、これまでの三年を振返ってみることができるでしょうか？ エレノール、今日からまた新しくはじめましょう。幸福と愛のあの昔を呼び戻しましょう」彼女はしばらく、疑わしげに私を見ていたが、とうとう言った。「あなたのお父さまや、あなたの義務や、あなたの家庭や、それにあなたにかけられている期待は！……」――「いいえ、きっと」と私は答えた。「いつかは、たぶんいつかは……」彼女は私が言い淀《よど》んでいるのを見てとった。「ああ！」と彼女は叫んだ。「どうして希望を返して下すったの？ すぐまた奪われてしまうというのに。アドルフ、あなたが尽して下すったこと感謝しますわ。それはわたしを幸福にしてくれましたわ。それがあなたにどんな御迷惑もかけないのだったら、もっと幸福でしょうがね。でもお願いです、もう先のことを話すのはよしましょう……どんなことがあっても、御自分をお責めになることないわ。あなたは親切にして下すったわ。わたしはできないことを望んでたのね。愛はわたしの命のすべてだったわ。でもあなたの命ではあり得なかったのね。もう二、三日看病して下さいね」涙はとめどもなく流れた。息づかいは前ほど苦しそうではなかった。彼女は頭を私の肩にもたせかけて言った。「いつも、こうやって死にたいと思ってたわ」私は彼女をしっかと胸に抱き、再び計画を棄てることを誓い、あの残酷な狂気の沙汰《さた》を詫《わ》びた。「いいえ」と彼女は言った。「あなたは自由な身になって、満足なさらなくちゃいけないわ」――「あなたを不幸にしておいて、どうしてそんなことできるでしょう？」――「わたしが不幸なのもそう長いことじゃないわ。あなたにそう長く不憫《ふびん》がって頂かなくてもいいと思うの」私はもしやという懸念を払いのけた。単なる杞憂《きゆう》と信じたかった。「いいえ、いいえ、大好きなアドルフ」と彼女は言った。「長い間死をねがってると、しまいには、神さまが何かしら間違いのない予感を与えて下すって、願いの聞き届けられたことがわかるものよ」私は決して彼女のそばを離れないと誓った。「いつもそれを願ってたのよ。今度こそは大丈夫だわ」

太陽が、もう暖めようとはしない大地を憐《あわ》れみながら眺めてでもいるかのように、灰色がかった野面《のづら》を物悲しく照らしている、あの冬の一日だった。エレノールが外に出ようと言いだした。「とても寒いですよ」と私は言った。——「かまわないわ。あなたと散歩したいの」彼女は私の腕にすがった。二人は長い間何も言わずに歩いた。彼女はやっと足を運んでいた。そしてほとんど全身を私にもたせかけていた。「ちょっと休みましょう」——「いいのよ」と彼女は答えた。「まだあなたに支えられてるってわかるのが嬉しいの」私たちは再び沈黙に陥った。空は冴《さ》えていた。だが木々は葉が落ちていた。そよとの風もなく、空には鳥の影一つなかった。すべては微動だにもせず、聞えるものはただ、私たちの足の下で砕ける凍《い》てついた枯草の音だけだった。「なんて静かなんでしょう！」とエレノールは私に言った。「なんて自然は諦《あきら》めきってるんでしょうね！人間の心も諦めることを学ぶべきじゃないかしら？」彼女は石の上に腰をおろした。と突然、彼女は跪《ひざまず》いて、うなだれ、頭を両手の上にのせた。何か小声で言っているのが聞えた。祈っているのだった。やっと立ちあがると、「帰りましょう」と彼女は言った。「寒気《さむけ》がしてきたわ。気分が悪くなりそうだわ。何も言わないでね。お話聞くだけの気力ないわ」

この日から、エレノールは目に見えて衰弱していった。私はあちこちから医者を呼んだ。ある医者は救い道のない病気だと言い、ある医者は空《むな》しい希望で私を慰めた。だが、陰険で無言の自然は、目に見えない腕でその無慈悲な仕事を続けていた。ときどき、エレノールは持ち直したかに見えた。ときとして、彼女の上にのしかかっている鉄の手が引っこめられたとでもいったようだった。彼女は力ない頭をもたげた。頬は心持いつもより生き生きとした色に染まり、目も元気づいていた。だがいきなり、この見かけだけの小康状態は、未知の力の残酷な戯れによって消えていった。医術もその原因を見抜くことはできなかった。こうして彼女が一歩一歩と死に歩み寄るのを私は見た。あんなにも上品な、あんなにも表情豊かな顔の上に、死相の刻まれていくのを見た。見るも恥ずかしい哀れな光景であったが、あの根気強い、毅然《きぜん》とした性格が、肉体の苦痛から、混乱した、支離滅裂な多くの影響を受けるのを見た。こうした怖ろしい瞬間には、肉体に傷つけられた魂は、なるべく少ない苦痛で器官の破壊に従うために、どんなにも姿を変えるもののようだった。

エレノールの心の中でただ一つ決して変らない感情があった。それは私に対する愛情であった。彼女は衰弱していたので、たまにしか私に話しかけることができなかった。だが、黙ったまま私をじっと見つめていた。その目差《まなざし》が、もはや私の与えることのできない生命を私に求めているように思われた。すると私には、私は彼女に激しい感動を与えることを恐れた。そこで何かと口実をつくっては外に出かけた。そしてかつて一緒に行ったことのあるあらゆる場所をあてどもなくさまよい歩いては、ここかしこの石に、木々の根元に、彼女を思い出させるあらゆるものに涙を注いだ。

それは愛情に対する哀惜ではなかった。もっと暗い、もっと悲しい感情だった。愛情はその対象とすっかり同化できるものだから、その絶望の中にもなおいくらかの魅力がある。愛情は現実と闘い、運命と闘う。その欲望の激しさが、自分の力を過信させ、懊悩《おうのう》のさなかにあっても、愛情を煽《あお》りたてる。だが、私の懊悩は陰鬱な、侘《わび》しいものだった。エレノールと一緒に死ねる望みはなかった。かつてあれほど一人で渡りたいと願っていた人生の砂漠を、彼女なしで生きて行こうとしているのだ。私は自分を愛してくれた人間を殺してしまったのだ。私の心の伴侶《はんりょ》であり、倦《う》むことのない愛情で最後まで私に己《おの》れを捧《ささ》げてくれたこの心を殺してしまったのだ。すでに私は孤独にとらわれていた。エレノールはまだ生きてこそいるが、もはや私の考えを打明ける術《すべ》もなかった。私はすでにこの地上で一人ぼっちだった。私はもはや、彼女が私のまわりにひろげてくれたあの愛の雰囲気《ふんいき》の中には生きていなかった。呼吸する空気もひとしお冷たく、行きちがう人の顔もひとしお無関心に思えた。自然全体が、お前は永久に愛されなくなるのだぞ、と言っているようだった。

　エレノールの危険は突然にいっそう差迫ったものになった。疑う余地のない徴候が死の近づいたのを知らせた。彼女の宗派の司祭がそれを彼女に告げた。彼女は私に、書類のたくさんはいっている手箱を持ってきてくれるように言った。彼女は目の前でその中の幾通かを焼かせた。だが捜しているらしい手紙が見つからず、彼女の不安は絶頂に達した。私はもうよしてくれと哀願した。躍起となって捜すので、その間に二度も気を失ったのである。「ではよすわ」と彼女は答えた。「でも、大好きなアドルフ。一つだけ願いをきいて頂戴《ちょうだい》。書類の中に、どこに行ったかわからないけど、あなたに宛てた手紙があるのよ。どうぞ読まないで焼いて頂戴ね。わたしたちの愛の名において、あなたが楽しいものにして下すったこの最後の瞬間の名において、お願いしますわ」私は約束した。彼女は落ちついた。「では心ゆくまで神さまへのお勤めをさして下さいな。わたしには贖《つぐな》わねばならぬたくさんの過《あやま》ちがあるのよ。あなたに対する愛もたぶん一つの過ちだったのね。でも、この愛があなたを幸福にしたのだったら、そうは思わないでしょうがね」

私は彼女のそばを離れた。そして、帰ってきたときには、召使たちとともに、最後の厳粛な祈禱《きとう》に立ち会わねばならなかった。私は部屋の片隅に跪《ひざまず》いて、あるときは瞑想《めいそう》に沈み、あるときは、われにもない好奇心から、集まった人たちの、あるいは恐怖におびえた、あるいは放心しきった顔を、また、習慣の生み出す不思議な効果を眺めていた。習慣というものは不思議なもので、どんな宗礼に対しても無関心になり、どんなに厳粛な、どんなに怖《おそ》ろしい儀式も、単に形式だけの慣例的なものに見えてくるのだ。私はこれらの人々が機械的に臨終の祈りを繰返しているのを聞いていた。自分たちもいつかは同じような場面の役者にならねばならない、自分たちもいつかは死なねばならぬということなど、まるで忘れてるかのようだった。とはいえ、私はこうした宗礼を軽蔑してはいなかった。軽蔑するどころではなかった。こうした宗礼のどれ一つとして、無知な人間がその無益を主張しうるものがあるだろうか？　それはエレノールに落ちつきを取戻させた。それは彼女を助けて、あの恐ろしい閾《しきい》、われわれは皆それに向って進んでいながら、そのときどんな感じがするものかは誰ひとり予知できないあの閾を跨《また》がせたのだ。私が驚いているのは、人間が一つの宗教を必要とするということではない。私を驚かすものは、人間が常に自分を十分強いものと信じ、決して不幸になることはないと信じこんで、敢えて宗教を斥《しりぞ》けることである。そうした人間も、いったん心弱くなれば、ありとあらゆる宗教に縋《すが》るようになるにちがいない。どうもそう思われる。濃い暗闇に取囲まれては、一つの薄明りでも斥けることができるだろうか？　急流のただ中に押流されては、一本の枝とてもつかまずにいられるだろうか？

こんなにも物悲しい儀式によって受けた感動は、エレノールを疲労させたらしかった。彼女はかなり安らかにまどろんだ。目が覚めたときには、苦しみは前よりは減じていた。彼女の部屋にいたのは私一人だった。私たちはときどき、長い間をおいて、語り合った。病状の予測に決して目の狂いのなかった医師は、もう二十四時間とはもつまいと私に予告していた。私は時を刻む柱時計と、エレノールの顔とをかわるがわる見ていたが、顔には何も新しい変化は見えなかった。過ぎ行く一分一分は私に希望を蘇《よみがえ》らせた。そして私は医術もあてにならないと、その予想を疑いかけていた。と突然、エレノールが俄かに飛びあがった。私は両腕で抱きとめた。痙攣的な戦慄《せんりつ》が全身を揺すぶっていた。目は私を捜し求めていた。だがその瞳《ひとみ》には漠とした恐怖の色が漂っていた。あたかも、私の目には見えない何か脅迫するものに赦しを求めてでもいるかのように。彼女は起きあがったが、すぐまた倒れた。一所懸命逃げ出そうとしているふうに見えた。目に見えぬ腕力が最期の瞬間を待ちあぐんで、この死の床で彼女を押えつけてとどめを刺そうとしているのに対して、懸命に闘っているかのようだった。とうとう彼女は、敵である自然の執拗《しつよう》さに負けてしまった。手足はぐったりとなった。彼女はいくらか意識を取戻したらしかった。私の手を握りしめた。彼女は泣こうとした。だがもはや涙が出なかった。彼女は話そうとした。だがもはや声が出なかった。彼女は諦めたように、頭を、それを支えていた私の腕の上にがくりと落した。呼吸が次第に緩《ゆる》やかになった。数瞬のちには、彼女はもはやこの世の人ではなかった。

　私は長い間、身動きもせず、今は生命のないエレノールのそばにとどまっていた。死んでしまったということがまだはっきり納得できなかった。私の目は茫然とした驚きで、この生気のない肉体を眺めていた。はいってきた女中の一人がこの有様を見て、悲しい報《しら》せを家じゅうの者に伝えた。まわりの物音で、私は自失の状態からはっとわれに返った。私は立ちあがった。そのときであった。私は胸も張り裂けるような苦しみと、呼んでも帰らぬ永別の恐ろしさとをひしひしと感じたのである。人々の右往左往、俗世間の活潑な動き、もはや彼女とは関係のない配慮や騒々しさは、私が長引かしていた幻想、まだエレノールとともにあるような気がしていた幻想を、吹き散らしてしまった。今は最後の絆も切れ、彼女と私の間には怖ろしい現実が永遠に置かれてしまったのを感じた。かつてあんなにも未練のあったあの自由が、今はどんなにか重苦しいことだろう！　かつてしばしば私を激昂《げっこう》させたあの束縛の今ないことが、どんなにか物足りなく思われることだろう！　つい先ほどまでは、私のあらゆる行為には一つの目的があった。一つ一つの行為によって、苦痛を除いてやるとか、悦びをつくってやるとかが確かにわかっていた。だがそのときは、それをかこっていたのである。一つの親しい目が私の行動を観察していたことが、その行動には他の一人の者の幸福の結びついていたことが、私には我慢できなかったのである。だが今は、誰もそれを観察している者はなかった。それは誰の興味も引きはしなかった。誰ひとり私の時間を奪おうとする者もなかった。外出したとて、いかなる声も私を呼戻しはしなかった。なるほど私は自由だった。だがもはや愛されてはいなかった。すべての人々にとって路傍の人間なのだった。

エレノールが言いつけておいた通りに、書類が全部届いた。一行ごとに、彼女の愛の新しい証拠と、私のためにしてくれながらも隠していた新しい犠牲のかずかずに出会った。やっと、焼き棄てると約束したあの手紙が見つかった。最初はそれと気がつかなかった。宛名もなく、開かれたままになっていた。われにもなく、そこの数語が目にとまった。目を逸《そ》らそうとしたが駄目だった。全部読んでしまいたい欲求に抗しきれなかった。私にはこの手紙を書き写すだけの力はない。彼女が病気になる前、私たちはよく激しい喧嘩《けんか》をしたものだが、そのいつかの喧嘩のあと、エレノールはこれを書いたのである。「アドルフ」と彼女はそこに書いていた。「なぜわたしをしつこくお責めになるの？　何がわたしの罪だとおっしゃるの？　あなたを愛し、あなたなしには生きていけないことがそうなのね。心の重荷である絆を断ち切ろうともなさらずに、不幸な人間を苦しめながら、憐れだからそばにいてやるなんて、何という奇妙なお情けでしょう？　せめてあなたを親切な方と信じたいわたしの侘しい慰めを、なぜお拒みになるの？　なぜ怒りっぽいくせに弱気なの？　わたしの苦しみをいつも考えていて下さるくせに、その苦しみを見ると逃げておしまいになるのね！　どうしろとおっしゃるの？　別れてくれとおっしゃるの？　わたしにはそんな力がないと思って下さらないの？　そうだわ、もう愛していらっしゃらないあなたこそ、それを、そうした力を、私に飽きたあなたの心の中に、これほどの愛にも和らがない心の中に、見いだすべきだわ。あなたはわたしにそうした力を与えて下さることはできないわ。あなたは、わたしを涙のうちに窶《やつ》れさせ、あなたの足元で死なせておしまいになるのだわ」——また別のところではこうも書いていた。「ちょっとおっしゃって下さればいいのよ。あなたの生活の重荷にならないで、おそばで暮せるのなら、どんな国へでもついて行きますわ。どんな所にでも身を隠しますわ。いいえ、駄目だわ、あなたはそんなこと望んではいらっしゃらないのだわ。わたしがおずおず顫えながら計画を持ち出すと——なぜってあなたの前に出るとわたしは怖くて身体《からだ》が凍ってしまうんですもの——なにもかも気短かに斥けておしまいになるわ。わたしが頂戴するものは、せいぜいよくって沈黙ぐらいね。あんな冷酷ななさり方は、あなたの性格には似合わないわ。あなたは善良な方よ。あなたのなさることは、立派で、献身的だわ。でも、どんなことをなさろうと、どうしてあなたの言葉が消えるでしょう？　あのひどい言葉はわたしのまわりでがんがん響いていますわ。夜も耳から離れないのよ。わたしに付纏《つきまと》い、わたしを蝕《むしば》み、せっかくのあなたの行為を傷つけてしまいますわ。ではアドルフ、わたしは死ななければならないの？　いいわ、あなたを満足させてあげますわ。死にますわ、かつては庇って下すったけれども、今では続けざまに鞭《むち》でお打ちになるこの哀れな女はね。死にますわ、あなたがそばに置いて下さることもできずに、邪魔者扱いになさり、その者がいるばっかりに、この地上にあなたを疲れさせない場所が見つからないと言われるこのうるさいエレノールはね。死にますわ。そうしたらあなたは、交わりたくてたまらないあの人たちの真ん中を、たった一人でお歩きになれますわ！　今はあの人たちの無関心を感謝していらっしゃるけど、そのうちどんな人間だかおわかりになるわ。そして、おそらくいつの日か、あの人たちの味気ない心に傷つけられて、あなたの思いのままになり、あなたの愛情によって生き、あなたを護るためならどんな危険でも冒したであろう、それなのにあなたの方ではもはや一瞥《いちべつ》も報いて下さらないこの心を、懐《なつか》しがって下さることでしょう」

刊行者への手紙

御親切にもお貸し下さった手記お返しいたします。時のために忘れていました悲しい思い出がまざまざと蘇《よみがえ》っては参りましたが、御好意のほどは感謝いたします。この物語に出てくる人物は大部分存じております。と申しますのは、この物語はあまりにも真実なものだからです。この物語の作者でもあり主人公でもある、あの変人で気の毒なアドルフにはしばしば会ったことがあります。私はあの愛すべきエレノール、当然もっと楽しい運命を享受し、もっと忠実な男を持つ値打のあったエレノールに幾度か忠告して、彼女と同じく惨《みじ》めな状態にあって、一種の魅力で彼女を支配し、弱気のために彼女を悩ましている、あのためにならぬ男から引離そうと試みました。ああ！　最後に彼女に会ったときには、いくらか力を与えてやることができ、理性を情に対抗させてやることができたつもりでいました。ところが、不在が長くなりすぎまして、彼女と別れた土地に帰ってみますと、私が見いだしたものはただ墓のみだったのです。

この物語は公開なさってしかるべきかと存じます。もはや誰を傷つけることもありませんし、またまんざら世の役にたたぬこともないと愚考いたします。エレノールの不幸は、いかに情熱的な感情も、ものごとの秩序には抵抗し得ぬことを証明しております。社会はあまりにも強力であり、あまりにも多くの形を取って現われ、承認できない恋愛に対しては、あまりにも辛辣《しんらつ》に当ります。移り気とか堪えきれぬ倦怠《けんたい》とかいう、いかに睦《むつま》じい仲にあってもときとして急に魂に襲いかかるあの魂の病を、社会は助長するものです。第三者たちは不思議なほど熱心に、道徳の名において中傷し、徳義に熱中して他人に迷惑を及ぼします。自分たちにはそれができないから、他人が愛し合っているのを見るのは癪《しゃく》にさわるとでもいったところでしょう。そして何か口実を利用できるとなると、彼らはそれを攻撃し、破壊して悦《よろこ》ぶのです。そこで、すべてが共謀して腐敗させにかかっている感情一つに頼っている女性こそ不幸です。この感情を正当なものとして尊敬する必要のないときには、社会は人間の心の中にあるあらゆる邪《よこしま》なものをもって、人間の心の中にあるあらゆる善きものを挫《くじ》きにかかるのです！

アドルフの例も、もしもあなたが、次のことを付記なさるならば、エレノールの例に劣らず教訓的なものになると存じます。すなわち、自分を愛していた女性を斥《しりぞ》けたのちも彼は依然として不安であり、落ちつかず、不満であったこと、あれほどひとを苦しめ泣かしたあげくに取戻した自由を、彼は少しも役にたてることができなかったこと、そして非難を受けるに価する人間になったと同時に、憐憫《れんびん》に価する人間にもなったということ、等々を。

もしその証拠が御必要でしたら、ここに添えた手紙を御覧下さい。アドルフのその後の運命がおわかりになるでしょう。彼は、多くのいろんな境遇を経ながら、いつも、利己主義と情愛との混淆《こんこう》の犠牲になっています。この二つのものは彼の中で結合して、自分の不幸をつくり、また他人の不幸をつくっているものです。彼は悪を悪と知りつつやり、やったあと絶望的に後退《あとしざ》りするのです。彼は短所よりもむしろ長所によって罰を受けています。と申しますのは、彼の長所は彼の感動からくるものであって、主義からくるものではないからです。彼はこの上もなく献身的な男でもあり、またこの上もなく冷酷な男でもあります。しかし、常に、献身に始まって冷酷に終りましたので、あとには彼の非行の跡しか残らなかったのです。

その返事

御返送下さいました手記、仰せの如く公刊いたそうと存じます。(もっともあなたのように、これが何か役にたつかもわからないと考えたからではありません。この世では誰でも自分で苦しい経験をなめてはじめて賢明になるものですし、それにこれを読む婦人たちは皆自分はアドルフよりも優《すぐ》れた男性に出会ったと思ったり、自分はエレノールよりもはるかに優れた価値を持っていると思ったりすることでしょう。) ただ私はこれを、人間の心の惨めさをかなり正しく写した物語として公刊いたすのです。もしここに教訓が含まれているとすれば、それは男性に向けられたものです。この手記は、ひとがあんなにも誇りとしているあの才気なるものは、幸福を見いだすにも役だたねば幸福を与えるにも役だたぬことを証明しています。また、性格とか、堅実な意志とか、忠実、親切といったものは、神に向って求めるよりほかない天与のものだということを証明しています。なお、焦燥を抑《おさ》える力もなくて、かつて一時の悔恨で塞《ふさ》いでやった傷口をまたあけてしまうようなかりそめの憐憫など、私は親切と呼ぶことはできません。人生の大問題は、ひとの引きおこす苦悩です。どんなに都合よくできた哲学も、自分を愛していた者の心を引裂いた人間を弁護はできません。それに私は、なんとか説明がつけばそれで言いわけがたつと思うような自惚《うぬぼれ》を憎みます。自分のした悪を語りながら自分自身のことばかり気にかけ、自分を描くことによって同情をかち得ると自負し、自分は無疵《むきず》のままひとの破滅を見下しては、後悔するどころか自己分析しているような、ああした虚栄を憎みます。自分自身の無力を常に他人のせいにし、悪は決して周囲にあるのではなくて実は己れの中にあることのわからぬ、ああした弱さを憎みます。アドルフがその性格の罪を、その性格そのものによって罰せられたということ、彼が何一つ決った道も辿《たど》らず、何一つ役にたつ職につかなかったということ、ただ気紛れに導かれ、焦燥をただ一つの力としてせっかくの才能を擦《す》り減らしてしまったということは、私にも推測できたでありましょう。そうです、たとい彼の運命について新しい詳しい資料をお与え下さらなかったとしても、そうしたことはすべて推測できたでありましょう。なお、この資料を何かに使うかどうかはまだ決めておりません。境遇などというものは実際取るに足りないもので、性格が一切です。たとい外部の事物や人間と絶縁しても駄目で、自分自身と絶縁することはできません。境遇を変えてはみますが、結局振捨ててしまいたいと思っていた苦悩を新しい境遇に移すだけのことです。そして、場所を変えても自分が矯《た》め直されるわけではありませんから、ただ、未練に後悔を加え、苦悩に過失を加えてしまうまでのことです。

あとがき

バンジャマン・コンスタン（一七六七―一八三〇）はスイスのローザンヌに生れたが、生粋《きっすい》のスイス人ではなく、祖先はフランスのアルトワの出で、十七世紀にフランスを去って、スイスのヴォー州に移り住んだものである。一族は外国の籍を選んだ者が多く、彼自身も、イギリス、ドイツ、フランスと遍歴したのち、フランスの市民権を得ている。母アンリエット・ド・シャンデュは彼を生むとともに死んだので、父のジュスト・ド・コンスタン大佐は、彼の教育を後妻と家庭教師に託した。だが十三歳になると、彼はオックスフォードに送られてここで二ヵ月を過した。ついでドイツのエルランゲン大学に学び、更に再びイギリスに渡ってエディンバラ大学の門をくぐり、その後、一七八五年、十八歳の折パリの地を踏んだ。早熟の彼はこれまでにも相当奔放な生活を送っていたが、パリ生活では更にその傾向がはなはだしくなって、女遊びと賭《かけ》に没頭した。だが彼は決して単なる遊蕩児《ゆうとうじ》ではなかった。遊びの合間にも盛んに本を読み、また生来の才気はサロンにおいて人々の注意を引かずにはいなかった。

一七八六年、彼はシャリエール夫人を知った。夫人は当時すでに四十七歳。しかし夫人の才気と情熱は、『赤い手帖』にも書かれてあるように、青年の彼を完全に魅了した。夫人の方もまた彼を憎からず思っていた。サント・ブーヴは二人の仲を相当に進んだものとみているが、実際は、愛欲にはしることなく、精神的なものにとどまったものらしい。『アドルフ』第一章の老婦人は多分にこのシャリエール夫人の面影を写しているものと言われている。だが父はもしやのことを心配して、翌一七八七年、彼を呼び戻し、一七八八年、北ドイツのブラウンシュヴァイク公国の侍従にした。翌年この地でミンナ・フォン・クラムと結婚したが、醜い上にやや愚かしい女であったので、一七九五年ついに離婚した。

スタール夫人との交渉がはじまったのは一七九四年である。ブュッフォンとともに科学を学び、ダランベールとともに芸術を学んだこの教養ある女性は、彼に強い影響を与えずにはおかなかった。二人の交渉ははじめは少なくとも精神的なものにすぎなかったが、やがて全的なものとなった。だが、この《おとこ女《オンム・ファンム》》との恋愛は決して幸福なものではなかった。交渉のあった十数年は嵐の連続であったと言っていい。名作『アドルフ』の誕生には彼女の存在を無視することはできないし、彼が自由主義者としての政治家的生命を曲りなりにも全うし得たのはひとえに彼女の賜物であるが、私生活においては、彼は完全に彼女の奴隷《どれい》であったと言えよう。

その間にも、彼は幾人かの女性と交渉を持っていた。その一人はシャルロット・ド・アルダンベール。一七九三年、彼の最初の結婚が破綻《はたん》に瀕《ひん》していた頃、彼は彼女を知った。だが二人の仲はあまり進展しなかった。そこで離婚が成立したときも、すでにスタール夫人を知ったためもあって、彼女と結婚する意志はなかった。失意のシャルロットはその後結婚したが、一八〇六年、彼はパリで、離婚したシャルロットに再会、旧情を温めて、一八〇八年スタール夫人には秘密に結婚した。この三者の三角関係は異常に紛糾し、意志の弱い彼は二人の女性の間にはさまれて、死ぬような苦しみをなめている。

次にはジュリエット・タルマ。彼が会ったときには、彼女は名優タルマとの不幸な結婚生活を清算していた。彼女は年下の彼に恋愛的な友情を抱くに至った。思想的にも自由主義的な彼女は彼のよき伴侶《はんりょ》であった。スタール夫人の激越な情熱に圧倒されていた彼は、ジュリエット・タルマとともにいると、心の平静と寛《くつろ》ぎを取戻すことができた。おそらくこの女性は、常に不安で悩んでいる彼の魂に幸福を与えうる唯一の女性であったかもわからない。だが彼は不安に悩みながらも、生来、平穏よりも動揺を求める男であった。たまたま彼女の家で会った美しいアイルランドの女性アンナ・リンゼイが、たちまちそうした彼の心をとらえてしまった。それは一八〇〇年のことである。彼はこのリンゼイ夫人に対して、彼の一生のうちで最も激しい情熱を燃やしたが、その恋は永続きはしなかった。『アドルフ』の主人公同様、彼の恋は満足した瞬間に冷却してしまったのである。

彼は一八〇六年の終りに『アドルフ』の筆を起した。スタール夫人はその手記に「バンジャマンが小説を書きはじめた。それはこれまでに私が読んだものの中で最も独創的なまた最も感動的な物語である」と書き、コンスタンもその『日記』に「十五日で小説を書きあげた。オシェに読んできかせたが、彼は大いに満足した」としるしている。もちろんこれは第一稿であって、その後、スタール夫人との間に持ちあがったかずかずの激しい場面などが取入れられて、幾度か加筆され、一八一六年になってやっと公刊された。

エレノールのモデルが従来たびたび問題にされている。スタール夫人、アンナ・リンゼイ、あるいはジュリエット・タルマ等々と。だがいろんな面から考察してみて、エレノールにはやはりスタール夫人の影が濃い。小説のはじめの「エレノールはありふれた才気しか持っていなかった」という短い句は、スタール夫人はモデルではないという言いわけでしかあるまいし、実際、この作は夫人との交渉から生れた苦悩によって書かされたものである。だが、エレノールはスタール夫人の面影を多く持っているとしても、スタール夫人が全部ではない。エレノールは要するに、コンスタンが愛したすべての女性のシンボルだと言えよう。事実、エレノールの中には、スタール夫人の激しさとともに、アンナ・リンゼイの愛情の脆《もろ》い欠点、ジュリエット・タルマやシャリエール夫人のメランコリックな愛情もたしかに見いだされるのである。アドルフのモデルはもちろん彼自身であり、優しい心を持ちながらも弱くて移り気な彼の姿が髣髴《ほうふつ》としている。この小説は、女性の恋愛心理を描写したものというよりは、むしろ、男性の複雑きわまりない利己主義を冷たく鋭く分析したものと見るべきであろう。

この作品の真価は、発表当時よりは、十九世紀末から現代にかけて広く認められてきたようである。アナトール・フランス、ポール・ブールジェ、モーリス・バレスは心理分析の師としてコンスタンを尊敬し、ブールジェにいたっては、この作品をほとんどそらんじていたと言われている。アルベール・ティボーデはその文学史の中で、「半世紀の間、フランスの心理小説は、この静かで控え目な物語を作りかえたり、書き足したり、変曲したり、近代化したりすることをやっていた」と言っているのは、けだし肯綮《こうけい》を射ている。文体も、思考をそのまま文章にしたような、いささかの粉飾もない簡潔なものである。スタンダールの『赤と黒』、メリメの『二重の誤解』の文体と相通ずるものがあると言われているが、私はこの作品を読みながら、ジイドの『女の学校』とラディゲの『肉体の悪魔』の文体を連想した。いずれも、どんなに錯雑した、またどんなに陰翳《いんえい》深い心理も、裸の言葉できちんと書きとめられてある。自然描写も、心理と内的に緊密に照応したものに限られている点も酷似している。近代化された古典的な文体である。

昭和二十九年五月

訳者

改訳新版のためのあとがき

このたび旧訳に推敲《すいこう》の筆を加える機会を得た。二度目の機会である。拙訳がはじめて世に出たのは昭和八年のことである。春陽堂文庫の一冊としてであった。それまで那須辰造氏の部分訳があったが、全訳が出版されたのは拙訳がはじめてであった。のち、春陽堂文庫が廃刊され、あらためて昭和二十九年新潮文庫に収められるに当って、最初の改訳を施した。その後、若干意に満たぬ個所がみつかって気にかかっていたが、このたび再び筆を入れる機会が与えられたのは、私にとっては大きな喜びであった。勿論《もちろん》、これで十分とは思わない。改訳加筆は、可能な限りに繰返したいとねがっている。

それというのは、この翻訳には並々ならぬ愛着があるのである。昭和二年、山内義雄先生を早稲田大学の文学部にお迎えした時、先生は私たち一年のクラスに、この『アドルフ』を講義なさった。先生の名講義に魅了された私は、この作品の翻訳を思い立った。そして稚拙な訳稿をひそかに筐底《きょうてい》にひめていたのである。従って、私の翻訳の処女出版はジイドの『女の学校・ロベール』（春陽堂文庫）であるが、処女翻訳は実はこの『アドルフ』なのである。

昭和二十九年刊の新潮文庫版の「あとがき」には、コンスタンの文学者の面のみを解説しておいたが、政治家としての彼について、ここに簡単に付記しておこう。

コンスタンは、一七九四年、スタール夫人を知り、パリにおける夫人のサロン、オテル・ド・

サルムに出入りして、タレイラン、シエイエスなどとともに立憲王政派の政客として重きをなした。一七九九年に、ナポレオンが第一執政になると、彼は法制審議員に任ぜられたが、ナポレオンの専制政治に反対したために罷免《ひめん》された。そこで、同じくナポレオンに楯《たて》ついたために追放されたスタール夫人とともに、ドイツに亡命した。一八〇三年のことである。彼がゲーテやシラーを知り、シラーの『ヴァレンシュタイン』を訳したのはこの頃（一八〇七—一八〇八）のことである。また、軍政の非を糾弾した『征服の精神と簒奪《さんだつ》について』は一八一三年に書かれて、翌年出版された。

一八一五年三月、エルバ島をのがれたナポレオンがパリにはいる直前『デバ』紙にナポレオン攻撃の文章を書いたが、自由主義者を利用しようとするナポレオンの懐柔策によって、参議院議員に任ぜられ、『帝国憲法追加法』の編纂《へんさん》に従事した。その年の六月、ナポレオンが、ワーテルローに敗れ、いわゆる百日天下が終って、第二王政復古となると、コンスタンは一時（一八一六年一月—九月）イギリスにのがれたが、フランスに帰るや、立憲派の闘将として活躍した。一八一九年より代議士となって議会に出、大いに雄弁をふるった。一八三〇年の七月革命においては、革命派に属して、オルレアン公、ルイ・フィリップの擁立に尽力した。

以上簡単に述べた経歴によっても明らかなように、政治家コンスタンはかなりの変節漢であった。だが、当時の目まぐるしい政治情勢にあっては、ある程度これもやむを得ないことであったにちがいない。とにかく彼が、自由主義的な立憲王政家として、どうやらその政治的生命を全うし得たということは、認めてもさしつかえないであろう。

フランスの政治史におけるコンスタンの位置は、相当に注目さるべきものであって、フランスの百科辞典においても、コンスタンの項には、文学者としての彼よりも、政治家の彼の方により多くのページがさかれている。しかし、われわれ文学愛好者にとって親しいものは、あくまでも文学者コンスタンである。

文学者コンスタンの作品としては、不朽の名作『アドルフ』のほかに、自叙伝『赤い手帖』(正確な標題は『わが生活』一七六七―一七八七)がわれわれに知られていたが、自伝的物語『セシル』が発見されて、一九五一年に公刊された。作中のセシルは彼の妻シャルロットをモデルにしたものであり、マルベ夫人にはスタール夫人の面影がある。この二人の女性にはさまれて悩む「私」は、勿論コンスタン自身にほかならない。

一八一〇年頃に書かれたと推定されるこの作品は、作者の政治家的生活の多忙なために推敲の暇がなく、ついに未完成のままになっているが、これまたコンスタンの一傑作である。この作品を発見して、公刊の運びにいたらせたアルフレッド・ルーランの言葉の一部をここに抜萃《ばっすい》しておこう。

「……『セシル』は単に興味津々《しんしん》たる伝記的記録たるにとどまらない。この地味で、テンポが早くて変化のある物語、最も強烈で変り易い熱情が生気を吹きこんでいるこの物語は、また、議論の余地なき、文学的価値を有している。語り手の天才は、若干の確実なタッチにおいて、登場人物の心理的肖像を描き出す巧みな技術に支《ささ》えられている。スタール夫人の肖像はぞっとするほどの真実味を帯びている。セシルの性格の天使的風姿はそれほどには浮き出ていない。しかし、この断片において、特に彼は、『アドルフ』と『赤い手帖』とを構想せしめたところの、あの偉大な誠実と、自嘲とをもって、自己自身を描き出した。ここでもまた、物語の中心にいるのは作者だ。自分の心のどんなに暗い隅々までも雄々しく探究する、彼の知性の冷静な透視力は、たとえ未完のものにせよ、この『セシル』をもって、バンジャマン・コンスタンの天才を強く刻印した一作品たらしめた」（窪田啓作氏訳）

以上、今回の改訳に当って、補足した。

昭和四十一年九月

訳者

モリエール
内藤　濯訳
人間ぎらい
誠実であろうとすればするほど世間とうまく折り合えず、恋にも破れて人間ぎらいになっていく青年を、涙と笑いで描く喜劇の傑作。

ラファイエット夫人
青柳瑞穂訳
クレーヴの奥方
美貌の青年に慕われて悩んだ末、夫に打明けたクレーヴの奥方――繊細な恋愛心理を解剖してフランス心理小説の先駆をなす女流文学。

フローベール
生島遼一訳
ボヴァリー夫人
田舎医者ボヴァリーの妻エマが、単調な日常に退屈し、生来の空想癖から虚栄と不倫に身を滅ぼす悲劇を描くリアリズム文学の傑作。

ミュッセ
新庄嘉章訳
二人の愛人
二人の女を同時に愛せるか？　年上の二人の愛人のあいだで揺れうごく多感な青年、ヴァランタンの心情を幻想豊かに綴る珠玉の作品。

ジッド
新庄嘉章訳
未完の告白
自由を奪うものに反抗して、人生に大胆に乗り出していく少女ジュヌヴィエーヴの軌跡を辿り、「女の学校」「ロベール」と三部作をなす。

ジャック・ロンドン
白石佑光訳
白い牙
四分の一だけ犬の血をひいて、北国の荒野に生れた一匹のオオカミと人間の交流を描写し、人間社会への痛烈な諷刺をこめた動物文学。

ドストエフスキー
米川正夫訳
罪と罰（全三冊）

独自の犯罪哲学によって、高利貸の老婆を殺し財産を奪った貧しい学生ラスコーリニコフ。良心の呵責に苦しむ彼の魂の遍歴を辿る名作。

ドストエフスキー
木村　浩訳
白痴（全二冊）

白痴と呼ばれる純真なムイシュキン公爵を襲う悲しい破局……作者の〝無条件に美しい人間〟を創造しようとした意図が結実した傑作。

スタンダール
大岡昇平訳
パルムの僧院（全二冊）

〝幸福の追求〟に生命を賭ける情熱的な青年貴族ファブリスが、愛する人の死によって僧院に入るまでの波瀾万丈の半生を描いた傑作。

デュマ・フィス
新庄嘉章訳
椿姫

椿の花を愛するゆえに〝椿姫〟と呼ばれる、上品で美しい娼婦マルグリットと、純情多感な青年アルマンとのひたむきで悲しい恋の物語。

アベ・プレヴォー
青柳瑞穂訳
マノン・レスコー

自分を愛した男にはさまざまな罪を重ねさせ、自らは不貞と浪費の限りを尽してもなお、汚れを知らない少女のように可憐な娼婦マノン。

バルザック
石井晴一訳
谷間の百合

充たされない結婚生活を送るモルソフ伯爵夫人の心に忍びこむ純真な青年フェリックスの存在。彼女は凄じい内心の葛藤に悩むが……。

Title: ADOLPHE
Author: Benjamin Constant

アドルフ

新潮文庫　　コ－2－1

昭和二十九年六月五日発行
昭和四十二年三月三十日十四刷改版
平成三年三月十日四十七刷

訳者　新《しん》庄《じょう》嘉《よし》章《あきら》

発行者　佐藤亮一

発行所　株式会社新潮社
郵便番号　一六二
東京都新宿区矢来町七一
電話　業務部(〇三)三二六六―五一一一
　　　編集部(〇三)三二六六―五四四〇
振替　東京四―八〇八番

価格はカバーに表示してあります。

印刷・二光印刷株式会社　製本・株式会社植木製本所

ISBN4-10-207301-9 C0197